水滸傳與中國社會

◆

薩孟武

著

三民書局

國家圖書館出版品預行編目資料

水滸傳與中國社會／薩孟武著.－－三版二刷.－－臺
北市：三民，2021
面； 公分.－－（品味經典/真）

ISBN 978－957－14－6410－7 （平裝）
1. 水滸傳 2.研究考訂

857.46   107006278

水滸傳與中國社會

作　　　者	薩孟武
封面繪圖	蔡采穎
發 行 人	劉振強
出 版 者	三民書局股份有限公司
地　　　址	臺北市復興北路 386 號 (復北門市)
	臺北市重慶南路一段 61 號 (重南門市)
電　　　話	(02)25006600
網　　　址	三民網路書店 https://www.sanmin.com.tw
出版日期	初版一刷 1967 年 4 月
	二版四刷 2014 年 5 月
	三版一刷 2018 年 6 月
	三版二刷 2021 年 11 月
書籍編號	S540290
Ｉ Ｓ Ｂ Ｎ	978-957-14-6410-7

三民書局

緣　起

　　經典，是經久不衰的典範之作——無畏時光漫長的淘選，始終如新，每每帶給讀者不一樣的閱讀感受。閱讀經典，可以使心靈更富足，了解過往歷史，並加深思考，從中獲取知識與能量；可以追尋自我，反覆探問，發現自己最真實的樣貌。經典之作不是孤高冷絕，它始終最為貼近人心、溫暖動人。

　　隨著時代更替，在歷經諸多塵世紛擾、心境跌宕後，是時候回歸經典，找尋原初的本心了。本局秉持好書共讀、經典再現的理念，精選了牟宗三、吳怡深度哲思探討的著作；薩孟武與傳統經典對話的深刻體悟作品；白萩創造文學新風貌的詩作，以及林海音、琦君溫暖美好的懷舊文章；逯耀東、許倬雲、林富士關注社會、追問過去的研讀。以全新風貌問世，作為品味經典之作的領航，讓讀者重新閱讀這些美好。期望透過對過往文化的檢視，從中追尋歷史的真實，觸及理想的淳善，最終圓融生活的感性完美。

　　這些作品，每一本都是值得珍藏的瑰寶——它們記錄著那個時代臺灣文化發展的軌跡，以及社會變遷的遞嬗；以文字凝結了歲月時光，留住了真淳美好。

　　「品味經典」邀請您一起 品 味 經 典。

讀歷史？看這三本就夠了！

公孫策

　　絕無虛言，就是這兩本小書打開了我的歷史之窗。甚至可以說，沒有薩孟武先生這兩本書，就沒有後來的公孫策。

　　兩本書？不是三本嗎？且聽我道來。

　　那一年十六歲，從南部負笈臺北，舉目無親，課後就近逛牯嶺街舊書攤，週末逛重慶南路書店。一天，翻開一本小書（早期的三民文庫都是袖珍開本），劈頭寫著：

在中國歷史上，有爭奪帝位的野心者不外兩種人，一是豪族，……二是流氓，……。

　　在此之前，對歷史故事就很有興趣，小學、初中到高一的歷史課本總是拿到手就看完。當然，為了考試也只得背誦朝代、年代、人名、戰役……，但就從來沒看過有這樣講歷史的。（註：後來知道其實高手不少，但那時候只是個高一學生）

　　那本小書就是《水滸傳與中國社會》（以下簡稱「水書」）。從小看《水滸傳》長大，梁山一百零八條好漢的名字、綽號，乃至後來上應天命的星宿名都背得出來，既然發現有

如此的全新角度，於是一頁一頁細細讀下去。看完後，自然續看《西遊記與中國古代政治》（以下簡稱「西書」），同一系列還有一本《紅樓夢與中國舊家庭》（以下簡稱「紅書」）則因為不愛看《紅樓夢》，所以連伸手從架上拿書都沒有。直到這一回，三民書局的編輯請我寫全系列的導讀，寄了一本給我，翻閱之後才發現從前錯了，為了彌補錯失五十年的遺憾，將紅書一口氣讀完，並且跟讀者分享心得。

這三本書對我個人的啟發是：

一、歷史是有用的。

二、歷史不只對社會科學、人文科學有用，甚至對政治、職場、人生都有用。

三、小說是現實的投射，歷史是現實的紀錄，從小說情節切入，由印證歷史得悟，是薩孟武先生這個系列的成功之處。

四、再印證錢穆先生「從現實中找問題，到歷史裡尋答案」的方法論，於是有了公孫策借古諷今的專欄。

然而，以上是我個人的心得，讀這三本書的最大功能卻在於：學會獲致每位讀者自己的心得。簡單說，未經思考的知識，都不是真知識，因為你一直在人云亦云。但是薩孟武先生將歷史應用在觀察現實、解決問題，則是熟讀史書之後，能夠深思並融會貫通的結果。而重點不在熟讀歷史（因為一般人沒有那個時間），而在領會薩先生觸類旁通、俯拾皆是的功夫之後，所謂「學問百門，一通百通」，能「通」，就不會拘泥、不會固執於「一門」，才能開放心胸解決問題。此外，這三本書當中，有很多薩孟武先生本人的至理名言，值得一記。

　　觸類旁通部分，當年對我衝擊最大的，當屬書中對「秀才造反，三年不成」的詮釋。在那個一切為反攻大陸的年代，從小被教育要做一個泱泱大國之民，對那八個字，總認為是針對「那些只會背經典、寫八股的腐儒」。可是看過水書〈王倫何以不配做梁山泊領袖〉之後，如遭當頭棒喝。薩先生從蘇秦、張儀的經驗，點出士大夫階級「窮則發憤，舒則苟安」的特質，寫到中間階級（知識分子）夾在兩個基本階級（地主與農民，在今天則是資本家與勞動者）當中，由於那個階級特質，所以只配做人臣，不配做人君。再寫到「用人的當能知人，不但不宜妒才，且須愛才」，並以劉邦、項羽的用人風格印證最終成功失敗，然後結論：王倫落草為寇是「窮則發憤」，可是阻撓林沖入夥，「哪裡配收羅天下英才」，就是他「舒則苟安」的證據。這一篇，轉了那麼多彎，講了那麼多歷史故事，引申出那麼多治國平天下大道理，寫來毫無牽強、渾然天成，又能緊扣主軸「窮則發憤，舒則苟安」——充分顯示薩先生的思路邏輯清晰，對歷史人物故事能夠俯拾皆是，這樣的知識才是真知識，這樣的學問才是「有用的」學問。

　　其他如：從「九天玄女與三卷天書」講到米價跟天下治亂（水書）；從吃唐僧肉講到菩薩妖精再講到成王敗寇、由太白金星的姑息講到藩鎮外戚乃至佛教盛行（以上西書）；由賈府的奢靡生活講到朝代的末世現象、由妙玉的假清高講到士大夫矯飾虛名以沽名釣譽、從探春的改革甚至談到舜禹跟商鞅、韓非的刑罰思想異同（以上紅書）。

　　三書中的妙語金言極多，這裡僅摘錄二三薩先生的苦心警句：

貴者可以政治力以求富，富者唯於政治腐化之時才能用捐納之法以取貴。（紅）……既然利用貨財，以取得官爵，又復利用官爵，以取得貨財，……唯一的方法只有刮索民膏。……證明強迫人民做土匪、做強盜的，是由於官吏的貪汙。（水）

「有功則君有其賢，有過則臣任其罪」、「事成則君收其功，規敗則臣任其罪」，天下最合算的事莫過於此。（西）

他沒說出來的一句是：但後世君主卻大多無此智慧。

「天下者天下人之天下也」，這是多麼好聽的話。……反過來說，卻是天下不是任何人的天下，種種問題就由這裡發生。何以故呢？天下不是任何人的天下，則人人對於天下之害均不關心，對天下之利均欲爭取。人人爭天下之利，而參政權也就變質了，它不是參加政治的權，而是參加發財的權。（西）

這個道理不只政治，在大家族裡也同樣出現：

財產既是公有，誰願愛護財產。……凡事由大家共管的，大家往往不管，財產為大家公有的，大家往往不知愛惜。（紅）

於是將「修身齊家治國平天下」的道理又都統一了。

　　總之，三書的精彩內容實不勝枚舉，留待讀者咀嚼享受。

二〇一八年五月

自　序

　　本書在抗戰以前出版，抗戰以後，此書就不見了。我寫此書，不是自動的，最初由王世穎先生之敦促，他接任《中央日報・副刊》主編之後，要我寫點輕鬆文章，並且希望每星期至少要寫一篇。〈副刊〉的性質與社論不同，不是「太太式」的，而是「姨太太式」的。如何寫法呢？友人初次主編〈副刊〉，為了捧場，不便拒絕，而把寶貝時間拿去寫雜文，又覺得光陰可惜。想了數天，才決定以《水滸傳》為根據，說明中國社會。

　　第一篇剛剛寫好，王世穎先生突然離開《中央日報》，到杭州大學去了。《中央週刊》主編劉光炎先生不知由哪裡探得我有此種文章，即向我要求將文稿交《中央週刊》發表。劉光炎先生也是老朋友，我即將文章交他。第一篇發表之後，閱者甚感興趣，劉光炎先生又要求我繼續寫下去，每月四週，本書共十七篇，大約是於四個月內寫完。寫到第十七章，我不想再寫了。

　　來臺之後，常常接到書店及素昧平生的人的電話，問我家裡尚有此書否。甚至各地華僑也常常寫信給我，問此書由哪個書店發售。我平生寫了一篇文章，過了數月，即覺得不妥，甚至不願再看，所以我在大陸時代的文章，是隨寫隨棄的，本書也是一樣。

　　數年來，三民書局劉振強先生很希望我將此書再版，我因為家裡沒有此書，而此書又須修改。最近劉先生借到此書，我於兩個月內一篇一篇的細看，也一篇一篇的修改，或刪去不要，或加料說明，所以本書可以說是一部新著，舊著保留者只有一半。

　　要研究中國社會，關於豪族、士人、農民、土地、戶口、水旱、錢幣、商業資本、官僚組織、軍隊制度等等，均須注意。本書乃借用《水滸傳》的故事，用歷史上的資料，加以說明。當然要研究中國社會，最好是參閱拙著之《中國社會政治史》四冊。讀者看了本書之後，若肯再看《中國社會政治史》，更可明瞭中國社會的情況。

薩孟武

民國五十六年三月九日

梁山泊的社會基礎

一、流氓集團

在中國歷史上，有爭奪帝位的野心者不外兩種人，一是豪族，如楊堅、李世民等是。二是流氓，如劉邦、朱元璋等是。此蓋豪族有所憑藉，便於取得權力，流氓無所顧忌，勇於冒險。

豪族所憑藉的是甚麼？吾國自古以農立國，土地是唯一的生產工具，也是唯一的權力基礎。但是四民之中，農民最苦。吾國的遺產繼承制，以諸子均分為主，縱是大農，一傳再傳之後，土地亦必細分，由大農變為小農，土地的生產已經不能維持一家的生活，而租稅又以田賦為主，農民受了苛稅的壓迫，結果便如晁錯所言：

春不得避風塵，夏不得避暑熱，秋不得避陰雨，冬不

> 得避寒凍，亡日休息……勤苦如此，倘復被水旱之災，
> ……賦歛不時，……當具有者半賈而賣，亡者取倍稱
> 之息，於是有賣田宅、鬻子孫以償責者矣。

宋時司馬光亦說：

> 農民值豐歲，賤輸其所收之粟以輸官，比常歲之價或
> 三分減二，於斗斛之數或十分加一，以求售於人。若
> 值凶年，無穀可糶，吏責其錢（田賦）不已，欲賣田
> 則家家賣田，欲賣屋則家家賣屋，欲賣牛則家家賣牛。
> 無田可售，不免伐桑棗，撤屋材，賣其薪，或殺牛賣
> 肉，得錢以輸官。一年如此，明年將何以為生乎。

農民窮苦如是，豪族則乘農民的窮苦，兼併了許多土地。豪
族多出身於官僚，依政治上的權力，以武斷於鄉曲。春秋時
代已有「子駟為田洫，司氏堵氏侯氏子師氏皆喪田焉，故五
（？）族聚群不逞之人……以作亂……殺子駟（當國）子國
（司馬）子耳（司空），劫鄭伯以如北宮」之事。降至秦代，
商鞅變法，「除井田，民得賣買，富者田連阡陌，貧者無立錐
之地」。漢興，循而未改，雖然西漢初年曾徙郡國豪傑以實園
陵，然而強宗大族的勢力並不少衰，吾人觀刺史以六條問事，
其中一條乃察「強宗豪右，田宅踰制，以強凌弱，以眾暴
寡」；另一條又察「二千石阿附豪強，通行貨賂，割損政令」，
即可知之。然此壓制未必就有效果，宣帝時代有「寧負二千
石，無負豪大家」之言。到了東漢，「豪人之室，連棟數百，

膏田滿野，奴婢千群，徒附萬計」，三國時代，北方則「大族田地有餘，而小民無立錐之地」。南方豪族亦「勢利傾於邦君，儲積富乎公室……牛羊掩原隰，田池布千里」。此種兼併經南北朝而至隋唐，雖然北朝及隋唐均施行公田之制，然田之分配並不平均，而豪族且有封固山澤之事。唐自永徽以後，「豪富兼併，貧者失業」。降至宋代，即在梁山泊草寇尚未出現以前，「勢官富姓占田無限，兼併冒偽，習以成俗，重禁莫能止焉」。而他們又無科輸，國家復將他們所免繳的田賦分配給平民負擔，故史云：「強宗巨室阡陌相望，而多無稅之田，使下戶為之破產。」這種豪族不必自己耕耘，可將土地借給佃農，按時收租，邀遊都市，上結官府，下交游士。一旦天下有變，他們常築塢堡以自衛。而有野心者則可率其部曲，作爭奪帝位的豪舉。

流氓呢？中國的流氓與羅馬時代的貧民不同，羅馬時代的貧民乃出身於公民階級，他們有公權（選舉權），他們可利用公權向國家及富豪勒索金錢，以維持自己的生活。他們在經濟上雖然沒有直接的貢獻，而卻有間接的作用。羅馬是奴隸社會，一切生產事業均由奴隸擔任，而奴隸則由戰爭的俘虜而來。所以羅馬只有不斷的打勝仗，不斷的侵服鄰國，不斷的擴張領土，而後奴隸的來源才不會斷絕。但是要向外國開戰，須有軍隊，而組織軍隊的人則為公民。因此，他們雖然窮苦，而在政治上及社會上尚有相當的勢力。中國的流氓既然沒有公權，而在經濟上又只有破壞的作用，沒有建設的作用，何以他們也有勢力？

中國的流氓又與現代的勞動階級不同，現代的勞動階級

在許多國家雖然過著窮苦的生活，但是他們乃是生產要素之一，只要他們停止工作，社會的經濟就發生恐慌。中國的流氓不曾勞動，也不想勞動，社會並不依靠他們而存在，他們卻要依靠社會討生活。他們完全是一種過剩人口，縱令他們全部滅亡，也不妨害社會的存在，反而他們的滅亡卻可使社會的秩序因之安定。他們的地位既然如斯，何以他們竟有勢力？

中國是農業國家，中國的農業甚見幼稚，技術的幼稚已可妨害生產力的發達，而過小地的耕種又令技術不容易改良。其結果，農民當然沒有貯蓄，而致再生產只能在同一規模上，不斷的反覆著。然而地力是有限的，收穫是遞減的，年年在同一的土地，作同一的耕種，收穫何能不年年減少。西漢在文帝時代，「百畮之收不過百石」。東漢時代生產力似已提高，「畮收三斛」。由三國而至晉代，一畮之收「或不足以償種」，降至唐代，「一頃出米五十餘斛」，到了宋代，太宗時，「畮約收三斛」，神宗時，「大約中歲畮一石」。然據呂惠卿之言，「田歲收米四五六斗」。生產力如斯低落，而又加之以水旱之災、賦稅之重，百姓遂「棄田流徙為閒民」。閒民增加，貧窮已經成為普遍的現象。

貧窮的普遍化就是暗示中國社會快要發生大亂了。王莽時代，「四方皆以飢寒窮愁，起為盜賊，稍稍群聚，常思歲熟，得歸鄉里，眾雖數萬，不敢略有城邑，轉掠求食，自關而已」。晉惠帝時代，「頻歲大饑，百姓乃流移就穀」，「至於永嘉，喪亂彌甚，人多饑乏，更相鬻賣，奔迸流移，不可勝數」，終而引起流民作亂之事。隋煬帝時代，「百姓困窮，財

力俱竭，安居則不勝凍餒，死期交急，剽掠則獲得延生，於是始相聚為群盜」。唐僖宗時代，「天下盜賊蜂起，皆出於饑寒」。至宋，稅重役繁，百姓多棄田不耕，「民罕上著」。而花石綱又復擾民，「方臘因民不忍，陰聚貧乏遊手之徒，起為亂，破六州五十二縣，戕平民二百萬」。此種歷史都可以證明：因貧窮而作亂的，多由流氓發動。他們沒有「身家性命」，而生活又不安定，生的快樂既未嘗過，死的苦痛也不恐怖。他們最肯冒險，由九死一生之中，突然的置身於雲霄之上。他們個人雖然沒有勢力，而成群結隊之後，就可以橫行江湖。紳士怕他們搗亂，農民怕他們魚肉，他們在中國社會上，乃是化外之民，隱然成為一股勢力。

流氓在中國歷史上曾演過重要的角色。他們常常變為流寇，先向最沒有抵抗力的農民肆行劫掠，而使疲敝不堪的農村，連餘喘也不能保。農村破壞之後，政府因田賦的減少，財政也日益窮匱，不能不用苛捐雜稅來刮索人民，然而一切刮索最後都轉嫁在農民身上。例如南宋理宗淳祐八年，陳求魯曾說：

> 常賦之入尚為病，況預借乎。預借一年未已也，至於再，至於三。預借三歲未已也，至於四，至於五。竊聞今之州縣有借淳祐十四年者矣。

其結果也，不但不能挽救國家財政的窮匱，並且還使農村愈益破產，於是政府成為怨府，而朝代隨之更易。西漢的綠林赤眉，東漢的黃巾，晉代的許多流寇，隋的竇迫德、劉黑闥，

唐的王仙芝、黃巢，宋的方臘、宋江，元的劉福通、徐壽輝，明的李自成、張獻忠，都使中央政府疲於奔命，朝祚因之斷絕，甚者且把整個的中國送給漠北民族。

梁山泊所代表的是甚麼？不消說，它的構成分子，以流氓為主，最初投到梁山泊的是晁蓋等七人，晁蓋雖是山東濟州鄆城縣的富戶，但他不喜歡結交文人，「專愛結識天下好漢」（第十三回），其下有吳用為不第秀才，公孫勝為雲遊道人，劉唐飄泊江湖，沒有一定職業，三阮打魚為生，並做私商勾當，白勝則為閒漢。梁山泊的好漢大率出身於流氓，沒有正當的職業，或在山林「剪徑」，或在湖裡「揩油」，我們雖然佩服他們的義氣，而對於他們「迫上梁山」的環境，也該與以相當的同情，但不宜因佩服與同情，而諱言他們的出身。

二、經濟生活

「有福同享，有苦同受」，是他們的口號，「大秤分魚肉，小秤分珠寶」，是他們的生活，由這口號與生活觀之，可知梁山泊集團只是幫會，而非政黨。幫會依義氣而結合，政黨依主義而團結。在幫會，既已加入，就不許中途脫離，中途脫離，視為不義之事。在政黨，政見相同，是我的同志，政見改變，又變成我的敵人。改變之人道德上毫無過惡，視之為敵之人，道德上也無反於友誼。幫會只能橫行江湖，依「有福同享，有苦同受」的觀念，互相合作，縱有小怨，亦不能奪其「福」，而加以「苦」。反之，政治所需要者乃是刑賞，

管子有言：

> 明主之治也，有功者賞，亂治者誅，賞之所加，各得
> 其宜，而主不自與焉。

商鞅之言，更合於為政之道，他說：

> 有功於前，有敗於後，不為損刑。有善於前，有過於
> 後，不為虧法。

這種不顧過去之功與善，只看目前之敗與損，在幫會是辦不
到的。

幫會的組織均以下層階級為基礎。他們多無產業，所以
他們的團體關於經濟方面，常接近於共產主義。不過他們的
共產主義不是生產上的共產主義，而是消費上的共產主義。
在古代，不但流氓團體只能實行消費上的共產主義，就是學
者也只能主張消費上的共產主義。這不是因為他們思想幼稚，
而是因為當時的經濟條件只能產生這種幼稚的共產主義。何
以故呢？古代工業未曾發展為大工業，手藝匠乃個個獨立，
而表現為生產上的個人主義。要令生產者合作，非常困難。
反之，人們的生活條件卻很簡單，任誰都沒有特別的慾望，
他們在消費方面頗能一致。因此之故，遂使古代的共產主義
只能取消費形式，不能取生產形式。現代呢？工業已經發展
為大工廠制度，在大工廠之內，每一個工人都成為一個輪齒，
而和其他無數的輪齒互相合作。然在他面，生產力的增進又

把無數的新物品排在人類的眼前，而增加人類的慾望，縱令
勞動階級，各人也有各人的需要，不能人人相同。即現代工
人在生產上雖有合作的精神，而在消費上卻表示了十足的個
人主義。因此之故，遂令現代的共產主義採取生產形式，而
不能採取消費形式。所謂人民公社使人人食同樣的物、穿同
樣的衣，其必敗絕無疑問。

　　梁山泊的共產主義是消費上的共產主義，不是生產上的
共產主義。但是有了生產，而後才配談分配。他們不是生產
者，他們的貨財從甚麼地方得到呢？固然他們首袖之下有許
多嘍囉，他們的經濟生活就是築在嘍囉制度之上。但是嘍囉
又和希臘羅馬時代的奴隸不同，不是用「汗」來生產主人的
生活品，乃是用「血」來略掠別人的生活品，以供主人之用。
但是他們的生活既然不依靠他們自己的生產，所以「仗義疏
財」及「劫富濟貧」遂成為他們的最高道德。即他們的共產
主義並不想改變生產形式，只想劫掠富人的貨財，把各種消
費品另行分配。這種「劫富濟貧」的觀念，不但流氓階級視
為最高道德，就是普通人民也視為合於天理。案古代財富的
集中，就其原因與結果言，都與現代資本的集中不同。現代
資本的集中由於競爭所致，而競爭可以改良技術，而增加工
業生產力。古代財富的集中則由豪強利用高利貸的方法，尤
其是政治手段，來剝削一般農民。這個方法是減低而不是提
高生產力的。並且現代資本家在自由競爭之下，要想維持自
己的存在，須將利潤貯蓄起來，藉以添置設備，改良技術，
至於個人所得消費的不過其中小部分而已。反之，古代富人
沒有這個必要。他們利潤的來源非在於技術的改良，而在於

過度的刮索。他們刮索所得的金錢均供為個人享樂之用，所以財富集中在少數人的手上，並不是生產力的發展，而只是消費品的集積。然而這種消費品又不是個人所能消費得完，所以把它分散給大家同用，不但不會減少社會的生產力，反而可以促進貨財的流通。古人以仗義疏財為最高道德，用此以結交朋友，用此以增加權力，其原因實在於此。

三、倫理觀念

人類的生活方式，決定了人類的倫理觀念。

據社會學者所言，澳洲土人不以殺兒為不道德的行為，因為他們過的是遊牧生活。生了一個兒子，未到四五歲，而又生了一個兒子，不但無法養育，並且行動不便，所以只有把後生的殺死。美洲土人對其家中老人，往往置之死地，而不視為悖理的事。因為他們過的也是遊牧生活，而生產力又甚幼稚，一人一天的生產只能維持一人一天的生活。年老的人既然不能隨群奔走，而又無法覓食，所以只有聽其死亡，使他不受現世的苦痛。

倫理觀念隨生活方式而不同，而生活方式又隨階級而不同。

紳士生在財主家裡，幼有保姆看護，壯有師傅訓導，到了長大，又繼承祖宗的財產，過其安樂的生活。試問他們的生活何以這樣安樂？因為他們有財產。他們的財產從哪裡得來？由於祖宗遺留。他們享受現世安樂的生活，不能不回想到安樂生活的來源，既然回想到安樂生活的來源，當然對於

祖宗，感恩感德，油然發生一種孝的情緒。紳士以「孝為百善先」，是有理由的。但是祖宗的財產何以不被別人搶去？因為有國家的保護。國家是誰人的國家？「普天之下莫非王土」，國家當然是皇帝的國家。我們現在安樂的生活，由於祖宗的財產，而祖宗的財產所以能夠存在，又由於國家的保護，即由於皇帝的保護，則我們為了感恩感德，而須盡孝於祖宗，當然也須感恩感德，而盡忠於皇帝了。

紳士階級的道德是忠孝二字。

流氓呢？流氓生在窮人家裡，他們自呱呱墮地以來，除了母親的乳汁之外，未嘗受過祖宗的餘蔭，有時連母親的乳汁，還要讓給財主的子弟去吸。他們幼年的生活未必比雞豚為優，因為雞豚養大了之後，可以賣給別人，其利益是直接的，而兒子有沒有「出息」，還是不可知之數。他們稍稍長大，就幫助父母，從事各種勞動，或入山陵討柴，或到河邊撈魚，或則上街賣油條，家庭的幸福既未享過，對於家庭，當然沒有愛情。反之，他們討柴、撈魚、賣油條的時候，為了預防野獸及暴徒的來襲，則常結伴同行。這個時候，朋友是他們寂寞的安慰者，又是他們生命的扶助者。到了他們長大，流浪江湖，朋友的重要更見增加。他們看重朋友，以義氣為最高道德，實是環境使然。朋友愈多，則他們的義氣範圍愈廣，超過一定限度之後，很容易由愛惜朋友的義，變為愛惜人類的仁。

流氓階級的道德是義字，而發揚光大之後，則成為仁。

梁山泊是流氓所組織的團體，所以他們重義而不重孝。孝子王進不上梁山，而最初出現於《水滸傳》的好漢便是氣

死母親的史進（第一回）。宋江雖有孝義黑三郎的綽號（第十七回），但若研究其生平行為，尚不能稱為養志。其他的人更談不到甚麼孝字。李逵雖然動於孝思，回家取娘，然而半路就送給老虎充飢（第四十二回）。這個事情可謂世上最悲慘的事，然而李逵回山，訴說殺虎一事，宋江竟然大笑，眾好漢也沒有安慰的話（第四十三回）。假使李逵所取的非其母，而是其友，則難保梁山泊諸好漢不責李逵謀事不慎。重友而不重親，不是因為他們沒有道德，乃是因為他們的倫理觀念與紳士的倫理觀念不同。

然而他們卻極重視義氣，魯智深在菜園舞起鐵禪杖，因為林沖一聲喝采，即認為知己（第六回）。後來，林沖受了高太尉陷害，刺配滄州，魯智深便一路跟去，暗中保護，走到野豬林之時，董超、薛霸將林沖縛在樹上，舉起水火棍，望林沖腦袋劈了下去，而樹後忽然飛來了鐵禪杖，救林沖於將死，魯智深又直送林沖到滄州（第八回）。這種義氣還可以說是林沖是他的知己。「士為知己者死」，這句話只唯下層階級方能做得出來。楊雄吃酒半醉，途中為張保等搶去財物，石秀挑著一擔柴來，路見不平，便放下了擔，一拳一個，都打得東倒西歪，楊雄方才脫身，而與石秀結拜為兄弟（第四十三回）。此種路見不平，奮不顧身，恐非士大夫能夠做到。他如武松為施恩而打蔣門神，施恩亦三入死囚牢去看武松，這都是出於「義」字。吾人以「義」為下層階級的倫理觀念，並不杜撰。

「替天行道」的意義

　　「替天行道」，為梁山泊的口號。這個天道觀念不但涵義複雜，而且性近玄學，我現在只研究政治上的天道觀念，由此說明梁山泊終是草寇集團，沒有得到天下的希望。

　　原始社會都是血統團體，而以氏族為基礎，到了血統團體進化為地域國家之時，血統關係尚未完全脫掉。這個時代，最大的氏族可以統治別的氏族，而其族長則上昇為國家的元首。例如黃帝，他是有熊氏的族長，而有熊氏又是當時最強的氏族，所以黃帝同時又為中國的元首，其他如青陽氏、高陽氏、高辛氏、陶唐氏、有虞氏、夏后氏都是它們當時最大的氏族。氏族乃集合許多家族而成，在家族之內，家長須慈愛其子弟，同樣，由氏族演進為國家之時，元首也須慈愛其臣民。家長要管束其子弟，必須立身以正，足為子弟的模範。子弟服從，一家就可統一，而有相當的威力，而能壓服氏族。氏族既已壓服，又可利用氏族的威力，征服別的氏族，而組織國家。這就是《尚書‧堯典》所說：「克明俊德，以親九

族，九族既睦，平章百姓，百姓昭明，協和萬邦，黎民於變時雍」的根據。

這種思想雖然發生於血緣團體之內，但是血緣團體變成地域國家之後，中國人仍用這個觀念來解釋國家。就是他們仍把國家視為家族的擴大，仍把政治看做家政的擴大，君主為臣民的父母，臣民為君主的赤子，君主與臣民的關係無異於家長與子弟的關係，家長須慈愛其子弟，君主亦須慈愛其臣民，所謂「仁政」就是由此而產生，所謂「修身齊家治國平天下」也是由此而產生的。

但是國家和家族又有不同之點，在家族之內，父子關係是自然的，父是父，子是子，任誰都不能變更。反之，在國家之內，君民關係卻不像父子關係那樣的自然，於是又發生了誰是君、誰是民的問題。

人類總喜歡用自己周圍的現象，擴充之以觀察萬物，古代中國人不但用家族現象觀察國家，且用家族現象觀察宇宙。家有家長，家長須慈愛其子弟，國有元首，元首亦須慈愛其臣民，同樣，宇宙之內，亦有一個主宰，而能慈愛萬物。這個宇宙的主宰，中國人稱之為天，日月照臨，風行雨施，這就是天的慈愛。天是宇宙的主宰，人類社會不過是宇宙的一部分，所以人類社會也受天的支配，這種天道思想由來甚久，《尚書》之中有不少的「天命」、「上帝」、「神后」之言，而把這種觀念組織為一個有系統的學問者則為漢儒董仲舒。在秦漢時代，法家思想最見流行，武帝罷黜百家，表章六經，儒家思想也見用於政治之上。法家主張法治，希望人主「不淫意於法之外，不為惠於法之內」。但是法由人主制定，「利

在故法前令則道之，利在新法後令則道之」。這樣，要束縛人主於法律之內實非易事。儒家主張人治，希望人主任賢使能，使「賢者居位，能者在職」。但是決定誰是賢能的權力又屬於人主，「燕子噲賢子之而非孫卿，故身死為僇。夫差智太宰嚭而愚子胥，故滅於越」，法不能拘束君主，人不能掣肘君主，君主不受任何拘束，即君主的權力乃如漢順帝所說「朕能生君，能殺君，能貴君，能賤君，能富君，能貧君」，君主既有如斯權力，而法治與人又莫能匡救，在民主思想尚未發生以前學者只有求助於「天」，於是董仲舒就應用陰陽家的學說，把天放在人主之上，使人主見到天象，有所警惕。他主張「春秋之治，以人隨君，以君隨天，……故屈民而伸君，屈君而伸天，春秋之大義也」。同時又說「天之生民非為王也，而天立王以為民也。故其德足以安樂民者，天予之，其意足以賊害民者，天奪之」。復說「天常以愛利為意，以養長為事，春夏秋冬皆其用也。王者亦常以愛利天下為意，以安樂世為事，好惡喜怒而備用也。然而主好惡喜怒乃天之春夏秋冬也」。自董仲舒之後，吾國政治並不受法家思想的影響，也未受儒家學說的支配。真正控制中國政治的，乃是董仲舒所代表的陰陽學說，吾人觀廿四史之五行志即可知之。

　　但是蒼蒼者天，不能直接統治人民，必須授命於一人，令他代天統治，這個人就是天子，天子為天的兒子，代天統治人類。但是天是慈愛的，所以天子必須體天之德，同家長愛其子弟一樣，愛其赤子；否則天命不祐，天必奪其帝位，以另給別人。

> 萬章曰：堯以天下與舜，有諸？孟子曰：否，天子不
> 能以天下與人。然則舜有天下也，孰與之？曰：天與
> 之。(《孟子‧萬章章句上》)

但是天不能言，何由知道誰人能夠體天之德呢？「天視自
我民視，天聽自我民聽」(《尚書‧泰誓中》)，凡人能夠得到
百姓的歡迎，都可以視為受命於天，而為天子，所以在上文
所引萬章與孟子的對話，又繼以下列文句：

> 天與之者，諄諄然命之乎？曰：否，天不言，以行與
> 事示之而已矣。曰：以行與事示之者，如之何？曰：
> 天子能薦人於天，不能使天與之天下；諸侯能薦人於
> 天子，不能使天子與之諸侯；大夫能薦人於諸侯，不
> 能使諸侯與之大夫。昔者，堯薦舜於天，而天受之，
> 暴之於民，而民受之，故曰：天不言，以行與事示之
> 而已矣。曰：敢問薦之於天，而天受之，暴之於民，
> 而民受之，如何？曰：使之主祭，而百神享之，是天
> 受之；使之主事，而事治，百姓安之，是民受之也。
> 天與之，人與之，故曰：天子不能以天下與人。舜相
> 堯二十有八載，非人之所能為之也。天也。堯崩，三
> 年之喪畢，舜避堯之子於南河之南，天下諸侯朝覲者，
> 不之堯之子，而之舜；訟獄者，不之堯之子，而之舜；
> 謳歌者，不謳歌堯之子，而謳歌舜，故曰：天也，夫
> 然後之中國，踐天子位焉。而居堯之宮，逼堯之子，
> 是篡也，非天與也。〈泰誓〉曰：天視自我民視，天聽

自我民聽，此之謂也。（《孟子》同上）

「撫我則后，虐我則讎」（《尚書‧泰誓下》），在中國歷史上，君主因受百姓反抗，而致失去天下的不知多少，匹夫因受百姓歡迎而能得到天下的又不知多少，所以聰明的人常能體天之意，施惠於民。不過人民二字尚覺空泛，「人絕對不容易得到全民的歡迎，但是至少必須得到最有勢力的人的歡迎」，孟子說：「為政不難，不得罪於巨室。」就是因為在春秋戰國時代，巨室（土地貴族）最有勢力。那末，秦漢以來，哪一種人最有勢力呢？中國本來是個農業國，秦漢以來，又是個官僚國，而中國所以成為官僚國，又由於農業國的生產條件而來。何以說呢？中國經濟乃是閉鎖的自然的農業經濟，這種農業經濟最容易產生割據的封建制度。但是中國農業的生產條件又不許割據局面的存在。因為中國農業的基礎是築在水利經濟之上，這個水利經濟只有集合各地，共同協力，而後才能成功。如果各地割據，只能在河流的一部分，建築堅固的堤防，而不顧到全流域，那末在上流或下流還是要潰決的。漢明帝時尚有「左堤強，則右堤傷，左右俱強，則下方傷」之詔。兼以農業依靠水利，齊桓公會諸侯於陽穀，以「無障谷」為盟約之一。所謂無障谷是謂「無障斷川谷，專水利也」。水利的獨占亦可破壞中國的農業。由於這個必要，遂成立了中央集權的國家。中央集權的國家要預防割據局面的復興，不能不打倒土地貴族；既然打倒了土地貴族，自然不能不利用士大夫階級，以組織官僚國家。這樣，士大夫階級就代替了土地貴族，而取得統治權。閒話少說，言歸正傳。

因為中國是官僚國，所以士人有很大的勢力；因為中國是農業國，所以農民也有很大的勢力，誰能夠得到士農的歡迎，誰便可得天之助，而為天子。但是怎樣纔能得到士農的歡迎呢？於此，我們又須研究他們兩者的生活狀況。

士人就是知識階級，他們利用知識，以維持自己的生活，又利用知識，以取得社會的及政治的勢力。他們維持生活的方法，或做師而取得一定的束脩，或做官而取得一定的祿俸。若就普通的情形來說，士人都想做官。這種士人階級產生於春秋末季（在此以前，不是沒有知識分子，不過他們生活非依靠於知識，乃依靠於土地的收入，他們做官非依靠於知識，乃依靠於門閥，所以他們與知識階級不同）。然在當時，士人階級的人數尚少，他們做官容易，所以在《論語》裡面，孔子門人未曾以「仕」為問題，而孔子亦不大言「仕」。到了戰國時代，士人階級已覺過剩，由是就發生了生存競爭，而令士人注意到「仕」的問題，所以在《孟子》裡面，孟子門人喜歡問「仕」，而孟子且以「仕」為君子的職務。

> 周霄問曰：君之君子仕乎？孟子曰：仕，傳曰：孔子三月無君，則皇皇如也，出疆必載質。公明儀曰：古之人三月無君則弔。三月無君則弔，不以急乎？曰：士之失位也，猶諸侯之失國家也。……亦不足弔乎？出疆必載質，何也？曰：士之仕也，猶農夫之耕也，農夫豈為出疆，舍其耒耜哉？（《孟子・滕文公章句下》）

孟子豈但以「仕」為君子的職務，且又以「仕」為君子謀生的方法。孟子曰：「仕非為貧也，而有時乎為貧。」由此可知士人必仕，而仕的目的，好聽的說，在於行道，不好聽的說，在於救貧。士人的生活既然依靠於仕，所以聖主賢君要得士人的歡迎，必須大開仕路，使人人可用自己的才智，得到相當的地位。

農民的生活怎樣？他們耕田，他們固然希望政府「春省耕而補不足，秋省斂而助不給」，如其不能，也希望政府不來過度剝削。孟子說：「有布縷之征，粟米之征，力役之征，君子用其一，緩其二。用其二，而民有殍；用其三，而父子離。」所以明君在位，必須「不違農民」、「薄其稅斂」，使民「仰足以事父母，俯足以畜妻子，樂歲終身飽，凶年免於死亡」。君主能夠這樣待遇農民，農民亦必謳歌盛德，而願為之氓。

總而言之，不管是誰，只要他對於士人能夠尊賢使能，對於農民能夠薄其稅斂，必可得到士農的歡迎，而成為天子，在吾國歷史上，最能實行這個政策的，一是漢高祖，他於十一年下詔求賢，詔曰：

> 蓋聞王者莫高於周文，伯者莫高於齊桓，今天下賢者智能豈特古之人乎，患在人之主不交故也。士奚由進，今吾以天之靈，賢士大夫定有天下，以為一家，欲其長久，世世奉宗廟亡絕也。賢人已與我共平之矣，而不與我共安利之，可乎。賢士大夫有肯從我遊者，吾能尊顯之。布告天下，使明知朕意。

十二年十一月過魯，又以太牢祀孔子。明太祖的作風有

似於漢高祖。他於洪武元年二月以太牢祀先師孔子於國學，
表示崇奉儒家之意，同年九月亦下詔求賢，詔曰：

> 天下之治，天下之賢共理之，今賢人多歸巖穴，豈有
> 司失於敦勸歟，朝廷疏於禮待歟，抑朕寡昧不足致賢，
> 將在位者壅蔽，使不上達歟。不然，賢士大夫幼學壯
> 行，豈甘沒世而已哉。天下甫定，朕願與諸儒講明治
> 道，有能輔朕濟民者，有司禮遣。

漢高祖入關之時，致力收羅人心。

> 漢元年十月沛公兵遂先諸侯至霸上……召諸縣父老豪
> 傑曰，父老苦秦苛法久矣，誹謗者族，吾與諸侯約先
> 入關者王之，吾當王關中，與父老約法三章耳，殺人
> 者死，傷人及盜抵罪，餘悉除去秦法，諸吏人皆安堵
> 如故。凡吾所以來，為父老除害，非有所侵暴，無恐
> ……乃使人與秦吏行縣鄉邑告諭之，秦民大喜，爭執
> 牛羊酒食獻饗軍士。沛公又讓不受曰，倉粟多，非乏，
> 不欲費人。人又益喜，唯恐沛公不為秦王。

秦時，「田租口賦鹽鐵之利二十倍於古」。「海內之士，力
耕不足糧饟，女子紡織不足衣食」。漢興，在財政極度困難之
際，還是「輕田租，什五而稅一」。文帝十二年以後，又改為
三十而稅一。明太祖於至正十六年，攻下應天，他的作風有
似於漢高祖入關之時。

> 太祖入城，悉召官吏父老諭之曰，元政潰擾，干戈蜂
> 起，我來為民除亂耳，其各安堵如故，賢士吾禮用之，
> 舊政不便者除之，吏毋侵暴，殃吾民。民乃大喜過望。

同時，又能安撫農民，凡得到一地，即免該地田賦。這種免租對於人心乃有極大作用，「奚我後，后來其蘇」，各地人民希望免租，而希望明軍來臨，乃是理之必然。

聰明哉明太祖，對於士人尊孔招賢，對於農民，減租免稅，士農階級當然謳歌盛德，希望明太祖成功。明太祖不過濠州和尚，而又做過流丐，他於元順帝至正十二年舉事，附郭子興之下，至正十五年郭子興死，明太祖纔漸漸自樹一幟，然既出身於和尚，當然可使士人懷疑，所以必須尊孔招賢，使士人知道自己已經棄釋歸儒，而安其心。他又因為做過流丐，很容易使人誤會自己為盜匪，所以每次攻城掠地，先則安民，次則減稅，以表明自己和流寇不同，他能夠得到天下，是應該的。

梁山泊雖然標榜「替天行道」，但是他們的行為又常常與天道背馳。他們在江州劫法場的時候，「不問軍官百姓，殺得屍橫遍地，血流成渠」（第三十九回）。這種舉動已使百姓害怕，而起事數年，除流氓降將之外，又未曾用過一個士人，至對付近鄰的農村，更不得其法，卒致祝扈李三莊因怕梁山泊過來借糧，準備抵抗（第四十六回）。試問這樣行動何能收攬民心？「皇天無親，惟德是輔。民心無常，惟惡是懷」。梁山泊不能「施惠於民，當然民不懷德，民不懷德，當然皇天不祐」。這是梁山泊失敗的原因。

殺豬的鄭屠何以能在延安府稱霸

　　「男耕女織」為中國經濟的特徵，所以中國人很崇敬牛郎織女，而牛郎織女確實不愧為中國的經濟神，更確實可以表示中國農民的生活。牛郎日夜耕田，織女日夜織布，他們為了中國的經濟問題，終日勞苦，工作之餘，身體已覺疲倦，哪裡尚有工夫，講到夫妻愛情，因此，每年只能於農事完了的秋天（七月七日）相會一次。在他們相會的時候，家家均享以太牢，就是報答他們的辛苦。

　　上面的話可以證明中國是一個農業國家。但是中國農業乃放在水利上面，風雨災旱對於中國的農業，都有很大的關係，而使中國人不能不時時刻刻留心到天氣的轉變。不宜下雨而下雨，不宜吹風而吹風，都可以破壞中國的經濟，而使數百萬的人填於溝壑。因此之故，中國人遂養成了一種關心氣候轉變的習慣，終則問人氣候好壞竟然成為一種「寒暄」的話。

　　中國農業不但放在水利上面，且又放在牛力上面。用牛

耕田，數千年來，已經成為中國惟一的技術了。中國耕田，既然依靠牛力，則牛的缺乏，當然可以引起中國農業的破壞。怎樣防止牛力的缺乏，在科學不發達的時代，當然沒有辦法，惟一的辦法只有「戒殺」，由於這個要求，又使中國人養成了不吃牛肉的習慣。

但是中國農業既然放在水利和牛力上面，當然可以證明中國農業的幼稚。何以中國農業這樣幼稚呢？因為自古以來，中國就有過剩的勞動力。勞動力的過剩常表現為勞動力價值的低廉。裝置高價的機器，比之雇用廉價的勞動力，還不合算，因此，就阻害了技術的改良。技術既然不能改良，則在大農制度之下，不能不雇用許多傭農，然而土地既然不屬於傭農，生產物又不歸傭農所有，傭農當然濫用地力，不肯深耕，土地日漸荒蕪，農業日漸衰落。漢代提倡限田，這也許是原因之一。

在限田制度之下，當然不會發生大農，但是中國雖然不實行限田，而大農制度也可由諸子平分的繼承法，漸至破壞。那末，在小農制度之下，中國農業可以發展嗎？小農乃自己耕作自己的土地，而把自己勞動的結果，收歸自己的手裡，所以他們比較傭農，必當勤懇許多。然而同時也有各種缺點，如分工，如機器，如科學的管理，在小農制度之下，均難實行。中國農業既是必然的變為小農制度，則中國農業不能發達，又是勢之必然了。

在小農制度之下，技術既然無法改良，其結果，農民單單耕田，就不能維持一家的生計，而須經營種種副業，終則健壯的男人均出外做工，土地的耕種則一委於老弱的婦女。

農業漸次離開商品生產的領域，而變為家計的一部。換句話說，農業不以販賣為目的，而以生產自己所必要的食糧為使命，於是農業的生產力愈益降低，而中國農村也漸次破壞。

在這種情形之下農民的生活當然困苦，萬一歲歉不收，則一家的生計就無法維持，只有向財主借債，等到豐年的時候，再把債務償清。但是財主所有的，不是貨物，而是貨幣，農民所借的，也不是貨物，而是貨幣，即他們把借來的貨幣購買生活資料，以維持一家的生計。這樣一來，則是農民乃於貨幣的價值最便宜的時候，借了貨幣，而於貨物的價格最昂貴的時候，買了貨物；更於貨幣的價值最昂貴的時候，還了貨幣，而於貨物的價格最便宜的時候，賣了貨物。所以農民愈見貧窮，弄到結果，竟然不能償清債務，只有把自己的土地抵押於高利貸，向高利貸借了貨幣，以償清債務。到了這個時候，中國經濟神的牛郎織女便失去權威，代此出來支配中國的，則為代表高利貸的財神。

在高利貸的支配之下，中國農業更沒有發展的可能。何以呢？利上加利，豈但土地的所有權，在實質上，已歸屬於高利貸，並且年年所得的收穫又須把很大的部分，送給高利貸做利息。農民自己沒有蓄積，那末，當然只能實行「單純再生產」，不能實行「擴張再生產」。然而地力是有限的，收穫是遞減的，年年在同一的土地，作同一的耕種，收穫何能不年年減少。減少到最後程度的時候，農民耕田，不但不能養活一家，而且連完糧和納稅，都感覺不夠。但是同時農民又因負債之故，受了高利貸的監視，把自己的身體束縛於土地之上。他們不能拋棄土地，只能逃出土地，逃出壓迫勢力

的範圍外，走到不法的方面去。

　　鄭屠便是高利貸的變相，而且還是最兇惡的高利貸。高利貸的利潤乃產生於少借而多還，他們最喜歡的，則為不借出一點本錢，能夠由別人那裡，取回許多利息。鄭屠就是利用這個方法。他寫了三千貫文書，虛錢實契，娶了金家女兒為妾，未及三個月，又把金家女兒趕打出去，追還原典身錢三千貫，金家父女不敢和他爭執，只有每日到酒樓上唱曲，得些錢來，將大半還他（第二回）。諸君！不出一文，竟能拐騙一個處女，玩了三個月之後，又能夠把她趕打出外，而追還當初未出一文的三千貫。世上有這樣便宜的事沒有！高利貸的面目，於此已可看出。鄭屠當然是一個高利貸，他可利用金錢的力量，支配許多流氓，而恐嚇許多貧民，金老說他「有錢有勢」，的確不錯。他在延安府稱霸，其勢力的基礎，就是築在高利貸的剝削上面。

　　鄭屠的橫行便是高利貸橫行的一例。他欺詐取財，而又拐騙良家女兒，罪大惡極，何以官廳不敢過問。要明白這個問題，必須知道高利貸在中國的勢力。在中國，生財之道不依靠於經濟手段，而依靠於政治手段，貪官汙吏用政治手段，剝削民膏，而剝削之後，又因中國產業的幼稚，無處投資，只能放債取息，所以中國的官僚同時又是高利貸，孟嘗君就是一例。

　　　　孟嘗君時相齊，封萬戶於薛，其食客三千人，邑入不
　　　　足以奉客，使人出錢於薛，歲餘不入，貸錢者多不能
　　　　與其息。客奉將不給，孟嘗君憂之，問左右何人可使

收債於薛者。傳舍長曰：代舍客馮公，形容貌甚辯，長者無他技能，宜可令收債。孟嘗君乃進馮驩而請之曰，賓客不知文不肖，幸臨文者三千餘人，邑入不足以奉賓客，故貸息錢於薛，薛歲不入，民頗不與其息，今客食恐不給，願先生責之。……（《史記》卷七十五〈孟嘗君列傳〉）

官僚既然同時就是高利貸，官僚袒護高利貸，是理之當然的。

官僚袒護高利貸，不但因為官僚本身便是高利貸，並且因為官僚本身有時也受高利貸的支配。古代中國的官俸是很薄的，清官，薄俸不足開銷，只有向高利貸乞憐。貪官，雖然「外快」不少，然其開銷亦大，在剛剛接任的時候，一面錢糧尚未到手，同時又需要各種應酬費，倘若家無貯蓄，也只有向高利貸先手。因此，高利貸便支配了官僚。《閱微草堂筆記》有一則說：

靳城王符九言，其友人某，選貴州一令，貸於西商，抑勒剝削，機械百出。某迫於程限，委曲遷就，而西商枝節益多，爭論至夜分，始茹痛書券。計券上百金，實得不及三十金耳。西商去後，持金貯篋，方獨坐太息，忽聞簷上人語曰：世間無此不平事，公太柔懦，使人憤填胸臆。吾本意來盜公，今且一懲西商，為天下窮官吐氣也。某悸不敢答，俄屋角窸窣有聲，已越垣徑去。次日，聞西商被盜，並篋中新舊借券皆席捲去矣。此盜殊多俠氣，然亦西商所為太甚，干造物之

忌，故鬼神巧使相值也。(〈如是我聞〉第四章)

一個州令受了高利貸的壓迫，竟然無法抵抗，高利貸的權威，在這裡已可看出。鄭屠能在延安府橫行，社會不敢制裁，官廳不肯過問，其理由即在於此。

農民受了高利貸的剝削，須把大部分的生產物，獻給高利貸做利息。農民生產的東西，對於自己，沒有利益，只增加高利貸的財產。他們絕望了，他們憤怒了，然而他們卻不能出來革命，他們最多只能夠暴動。因為革命事業是一種重大艱難的工作，革命群眾須有相當的組織，而又須有相當的餘暇和能力，致力於革命運動。農民雖是一個階級，但是他們乃散處各地，沒有階級意識，他們不能團結，並且他們每天從事於過勞的工作，既無餘暇以修養自己的心身，又無餘暇以致力於革命運動。他們無法推翻現在的社會，他們只想脫離現在的社會，投身於土匪之中，他們不斷的擴大土匪的人數。土匪的人數既然增加，農村愈益破壞，於是農民暴動了，漢的赤眉、黃巾，唐的黃巢，明的李自成、張獻忠，無不引率農民暴動，其結果，初則群雄割據，次則朝代更迭。

魯智深便是反抗高利貸的好漢，他不說情理，也不要求官廳制裁，只依靠自己的腕力，三拳打死了高利貸。然而因此，卒薙髮為僧，落草為盜，我們在《水滸傳》中，除了林沖、武松之外，最歡迎花和尚魯智深，就是因為他不惜生命，出來反抗高利貸。

由五臺山文殊院說到佛教流行的原因

　　魯達三拳打死鎮關西鄭屠之後，逃到代州雁門縣，又因官廳行文捕捉，便由趙員外的介紹，入五臺山文殊院，薙髮為僧（第三回）。文殊院能夠收容犯人，本來不足為奇，因為人們既然寸草不留，就是表示六根清淨，與世無競，他們是化外的人，當然不受王法制裁。不過我們所視為奇怪的，則為文殊院的經濟力，文殊院的僧人有五七百人，他們念經拜佛，毫不勞動，而乃有很大的財產。挑擔賣酒的漢子對魯達說：「我們見關著本寺的本錢，見住著本寺的屋宇，如何敢賣與你喫？」酒店老板也對魯達說：「師父少罪，小人住的房屋也是寺裡的，本錢也是寺裡的。長老已有法旨，但是小人們賣酒與寺裡僧人喫了，便是追了小人們本錢，又趕出屋。因此，只得體怪。」由此可知在文殊院周圍數十里之內，不但土地和房屋屬於文殊院，便是經商的人的本錢也出自文殊院。文殊院既然有這樣巨大的經濟力，那末當然可以支配鄰近的老百姓。現在試來研究文殊院何以有這樣豐富的財產。

　　佛教傳入中國，在漢明帝時代，三國鼎立，爭戰不已。晉雖統一中國，而僅僅十年，又發生八王大亂，引起五胡亂華。人民日在水深火熱之中，不但因為沒有組織，不能作革命運動，且又因為苦難的來源在於政權分裂，引起兵爭，倘再加以革命，則亂上加亂，人民何能忍受。據中外歷史所示，政權腐化，固然可用革命，以推翻腐化的政權。政權分裂，只有訴諸武力，用武力以統一分裂的政權，既然需要武力，則兵爭之禍又何可免。

　　在五胡亂華時代，蠻族酋長本來只信武力，不信宗教，既見沙門「化金銷玉，行符敕火，奇方妙術，萬等千候」，遂認為神異，而去皈依。例如石勒之崇拜佛圖澄，呂光之崇拜鳩摩羅什，絕不是由於佛教的理論，而是由於沙門的道術。

　　經東晉而至南北朝，佛教思想尤其三世因果之說，似已深入人心。宋武帝令褚淡之進毒藥於零陵王（晉恭帝），王不肯飲，「曰佛教自殺者，不復得人身」。宋文帝盧彭城王義康為亂，遣嚴龍齎藥賜死，王不肯服藥，「曰佛教自殺，不復得人身」。觀此可知當時的人如何崇信佛教。

　　現在試來研究佛教何以流行？南北朝是中國最紛亂的時代，軍閥互相火併，一旦得到帝位，便屠殺前朝子孫，「宋受晉終，馬氏遂為廢姓，齊受宋禪，劉宗盡見誅夷」。北齊文宣踐極，也屠殺魏的子孫。其尤甚者，一家骨肉自相誅夷，宋孝武帝殘殺文帝的子孫，明帝又殘殺孝武帝的子孫，齊明帝殘殺高帝及武帝的子孫，兇忍慘毒，惟恐不盡，致令皇族有不願復生王家之言。

> 帝（宋廢帝子業）素疾子鸞有寵……遣使賜死，時年
> 十歲。子鸞臨死，謂左右曰願身不復生王家。

他們稍有天良，何能不因悔而疑，因疑而懼，因懼而思懺悔之法。高允曾言：「天人誠遠，而報速如響，甚可懼也。」恰好佛教專講因果報應，他們聽了之後，怕自己墮入地獄，怕子孫食其惡果，於是遂向慈悲的佛，求其憐愍，這便是佛教流行於上層階級的原因。吾人只看南齊巴陵王子倫之言，可知因果報應之說已經深入人心。

> 延興元年，明帝遣中書舍人茹法亮殺子倫，子倫正衣
> 冠，出受詔曰鳥之將死，其鳴也哀，人之將死，其言
> 也善，先朝昔滅劉氏，今日之事，理數固然。

我們再看齊明帝殘殺骨肉，往往先燒香火，又可知道當時的人必以果報之權操之於佛。

> 延興建武中，凡三誅諸王，每一行事，高宗輒先燒香
> 火，鳴咽涕泣，眾以此輒知其夜當相殺戮也。

所以人們一旦想到果報，慘毒之事亦常為之小止。

> 明帝所為慘毒之事，周顒不敢顯諫，輒誦經中因緣罪
> 福事，帝亦為之小止。

　　上層階級既信奉佛教，所以常將財產捐於佛寺，南朝的
齊高帝、梁武帝、陳武帝，北朝的魏孝文、齊文宣、周文帝
均曾捨其宮苑，以造佛寺。其中最可令人注意者，南齊的明
帝殘殺高武子孫，忍心害理，自古未有，而乃用百姓賣兒貼
婦錢，以起佛寺。北朝的胡太后，恣行淫穢，鴆殺孝明，而
亦喜建浮圖，其造永寧佛寺之時，且不惜減少百官的祿。人
主篤好佛理，天下便從風而化。

　　　高祖方銳意釋氏，天下咸從風而化。
　　　世宗篤好佛理……上既崇之，下彌企尚，至延昌中，
　　　天下州郡僧尼等積有一萬三千七百二十七所，徒侶逾
　　　眾。

北朝朝士死者，其家多捨居宅，以施僧尼。

　　　朝士死者，其家多捨居宅，以施僧尼，京邑第舍略為
　　　寺矣。

南朝豪貴亦常捨其邸宅，以起佛寺（《梁書》卷三十七〈何敬
容傳〉）。至於以金錢貨寶田地捐給佛寺者為數尤多，梁武帝
三次捨身同泰寺，公卿大臣以錢一億萬奉贖，這是讀史者共
知的事。佛寺財產年年增加，在北朝，魏孝文遷都洛陽之後，
二十年中，洛中土地三分之一屬於佛寺。

　　　自遷都以來，年踰二紀，寺奪民居，三分且一……非

但京邑如此，天下州鎮僧寺亦侵奪細民，廣占田宅。

在南朝，例如「長沙寺僧業富沃，鑄黃金為龍數千兩埋土中」，所以政府每於財政困難之際，向僧尼借債，只此一端，可知佛寺財產之多。

> 有司又奏軍用不充，揚南徐克江四州，富有之民家資滿五千萬，僧尼家資滿二千萬者，並四分換一，過此率討事息即還。

下層階級何以也歡迎佛教。現世的苦痛，他們是經驗過的。他們受了苦難的壓迫，當然想到苦難的來源及解脫苦難的方法。恰好佛教提倡三世因果，即「有過去當今未來，人為善惡，必有報應」。他們遂謂今生的苦難由於前生作孽，那末，要使來生不受苦難，只有皈依三寶，修煉今生，這是佛教能夠得到下層階級信仰的原因。兼以南北朝時代，內亂外戰造成了無數貧民，貧民的賑卹不失為一個重要的問題。當時政府對於這個問題，竟然毫無措置。反之，佛教是以慈悲為本，佛寺財產不少，而僧尼的生活又不可太過奢侈。他們的收入既然超過於他們的消費，他們就把剩餘物資充為救濟貧民之用。佛寺既然負擔了這個責任，結果，個人或政府的慈善事業也委託佛寺辦理。

> 太子與竟陵王子良俱好釋氏，立六疾館，以養窮民。
> 靈太后數為一切齋會，施物動至萬計。

後主武平七年春正月壬辰詔，去秋已來，水潦人饑，
不自立者，所在付大寺及諸富民濟其性命。

而北朝且許人民輸粟於佛寺。輸者，戶為僧祇戶，粟為
僧祇粟。又許犯人及官奴投靠於佛寺，稱之為佛圖戶，以供
諸寺掃洒，兼營田輸粟，於是佛寺更有財產，藉以控制貧民，
到了大部分貧民淪為無產者之時，佛寺在民間愈有勢力。但
是佛寺又不是專講布施，而不謀自己利益的，佛寺既有財產，
所以常常利用財產，放債取息。

甄彬嘗以一束苧就州長沙寺庫賣錢。後贖苧還，於苧
中得五兩金，以手巾裹之。彬得，送還寺庫。道人驚
云近有人以此金質錢，時有事，不得舉而失，檀越乃
能見還。輒以金半仰酬，往復十餘，彬堅然不受。
道人道研為濟州沙門統，資產巨萬，在郡多有出息，
常得郡縣為徵。

而令政府不能不下令取締。例如：

永平四年夏詔曰，僧祇之粟，本期濟施，儉年出貸，
豐則收入山林，僧尼隨以給施，民有窘敝，亦即賑之。
但主司冒利，規取贏息，及其徵責，不計水旱，或償
利過本，或翻改券契，侵盡貧下，莫知紀極。細民嗟
毒，歲月滋深，非所以矜此窮乏，宗尚慈拯之本意也。

當時徭役繁重，而佛教又大開方便之門，凡人出俗入佛，均有免役的權利，如在北朝：

> 愚民僥倖，假稱入道，以避輸課。
> 正光已後，天下多虞，工役尤甚，於是所在編民相與入道，假慕沙門，實避調役。

南朝固然沒有明文可稽，但是宋孝武帝大明二年的詔既說：

> 佛法訛替，沙門混雜，未足扶濟鴻教，而專成逋藪。

而齊虞玩之又以「生不長髮，便謂為道，填街塞巷，是處皆然」。為人民弄巧逃役的現象，是則南朝人民亦多寄身佛寺，以避徭役了。人民憚役甚於憚稅，供役於佛寺者不過掃洒耕種，供役於國家者，乃至「老穉服戎，空戶從役」，所以人民逃匿於佛寺，猶如投靠於豪族一樣，日益增加。北朝「民多絕戶，而為沙門」，「正光以後，所在編民相與入道，略而計之，僧尼大眾二百萬矣，其寺三萬有餘」。南朝「形像塔寺，所在千數」，而真偽混居，往來紛雜，「生不長髮，便謂為道，填街塞巷，是處皆然」。人民出家，財政上減少了國家的稅收，軍事上減少了國家的兵隊，於是國家和佛寺便發生了鬥爭，而有魏太武帝及周武帝滅佛之事。

　　滅佛運動不在信仰之不同，而在利害的衝突，即如顏之推所說：

> 罄井田而起塔廟，窮編戶以為僧尼……非法之寺妨民
> 稼穡，無業之僧空國賦算。

郭祖深說：

> 時帝（梁武帝）大弘釋典，將以易俗，故祖深尤言其
> 事，條以為都下佛寺五百餘所，窮極宏麗，僧尼十餘
> 萬，資產豐沃，所在郡縣不可勝言。道人又有白徒，
> 尼則皆畜養女，皆不貫人籍，天下戶口幾亡其半。而
> 僧尼多非法，養女皆服羅紈，其蠹俗傷法，抑由於此。
> 請精加檢括，若無道行，四十已下皆使還俗附農，罷
> 白徒養女，聽畜奴婢，婢唯著青布衣，僧尼皆令蔬食，
> 如此則法興俗盛，國富人殷。不然，恐方來處處成寺，
> 家家剃落，尺土一人非復國有……帝雖不能悉用，然
> 嘉其正直。

　　人民出家入佛乃有其社會的原因。朝廷滅佛的財政政策
與人民信佛的經濟動機（求免課役），本來不能相容。朝廷不
務其本，而謀其末，所以滅佛運動無不失敗。到了人民厭棄
佛教，而新的神之觀念尚未發生之時，世上又傳布一種消息：
「將來有彌勒佛方繼釋迦佛而降世。」這種傳說到了隋煬帝
時代又表現為「釋迦佛衰謝，彌勒佛出世」之言。天上權威
已經變更，地上皇朝也應更換，於是李唐代興，而有貞觀開
元之治。
　　但是唐代沙門亦有免課的權利。武后時狄仁傑說：「逃丁

避罪並集沙門。」德宗時，彭偃亦說：「況今出家者皆是⋯⋯苟避征徭。」文宗時，李訓復說：「天下浮屠避徭役」。

　　沙門分為兩種，一是受度出家，二是受度而不出家。前者是化外人民，自古就不必負擔國家的課役，後者得到度牒之後，也可以免除徭賦。

　　　　宋時，凡賑荒興役，動請度牒數十百道濟用，其價值
　　　　鈔一二百貫至三百貫不等，不知緇流何所利而買之，
　　　　及觀李德裕傳，而知唐以來度牒之足重也。徐州節度
　　　　使王智興奏准在淮泗置壇度人為僧，每人納二絹，即
　　　　給牒令回。李德裕時為浙西觀察使，奏言江淮之人聞
　　　　之，戶有三丁者必令一丁往落髮，意在規避徭役，影
　　　　庇資產。今蒜山度日過百餘人，若不禁止，一年之內
　　　　即當失六十萬丁矣。據此則一得度牒，即可免丁錢，
　　　　庇家產，因而影射包攬，可知此民所以趨之若鶩也。
　　　　然國家售賣度牒，雖可得錢，而實暗虧丁田之賦，則
　　　　亦何所利哉。

最初度牒大約不由朝廷販賣，所以中宗時魏元忠說：「今度人既多，緇衣半道，不行本業，專以重寶附權門，皆有定直。昔之賣官錢入公府，今之賣度錢入私家，以茲入道，徒為游食。」到了安史作亂，軍費增加，國家為了解決財政困難，就把度牒收歸國家販賣，其數之多，「不可勝計」。

　　　　安祿山反，司空楊國忠以為正庫物不可以給士，遣侍

> 御史崔眾至太原納錢度僧尼道士，旬日得百萬緡而已
> ……肅宗即位……以天下用度不充……度道士僧尼，
> 不可勝計……及兩京平，又於關輔諸州，納錢度道士
> 僧尼萬人。

　　但是這個方法只能救一時之窮，接著而來者則為丁口減
少，徭賦乏匱，中宗時，已經發生問題。李嶠說：

> 國計軍防並仰丁口，今丁皆出家，兵悉入道，征行租
> 賦何以備之。

何況國家既許官僚沙門免除課役，那末，人民當然想盡方法，
求官買職，其不能得到官職者，亦必託足沙門。

> 中宗時，公主外戚皆奏請度人為僧尼，亦有出私財造
> 寺者。富戶強丁皆經營避役，遠近充滿。

安史亂後，又繼之以藩鎮之亂，干戈雲擾，人民更設法逃避
兵役。德宗時，楊炎曾言：

> 凡富人多丁者率為官為僧，以色役免。貧人所無入，
> 則丁存。故課免於上，而賦增於下，是以天下殘瘁，
> 蕩為浮人，鄉居地著，百不四五。

敬宗時，李德裕亦說：

> 泗川……戶有三丁，必令一丁落髮，意在規避王徭，
> 影庇資產，自正月已來，落髮者無算。

但是我們必須知道，只惟富人才有擔稅的能力，又只惟富人才有逃稅的資格，辛替否說：

> 當今出財倚勢者，盡度為沙門，避役姦訛者，盡度為
> 沙門，其所未度，唯貧窮與善人。

為官而免除課役，為僧又免除課役，唐代賦稅雖以戶口為基礎，其實，在整個戶口之中，不課者卻占極大部分。試看天寶中的情形吧！

> 天寶十四載，管戶總八百九十一萬四千七百九，應不
> 課戶三百五十六萬五千五百一，應課戶五百三十四萬
> 九千二百八。管口總五千二百九十一萬九千三百九，
> 不課口四千四百七十萬九百八十八，課口八百二十萬
> 八千三百二十一。

肅宗時代，不課戶反多過課戶。

> 肅宗乾元三年，見到帳百六十九州，應管戶總百九十
> 三萬三千一百七十四，不課戶總百一十七萬四千五百
> 九十二，課戶七十五萬八千五百八十二。管口總千六
> 百九十九萬三百八十六，不課口千四百六十一萬九千

五百八十七，課口二百三十七萬七百九十九。

課戶減少，賦役便落到貧民身上，貧民受了賦役的壓迫，只有破產。

　　富戶幸免徭役，貧者破產甚眾。

於是他們也復逃亡，逃出本鄉，變成不著戶籍的浮浪戶。唐代租賦以田、身為主，浮浪戶無田，又不著籍，當然無法令其繳納租稅。其有田而又著籍者，官僚可以免課，沙門也可以免課。國家非取消官僚與沙門的特權，財政上毫無辦法。然而官僚為自己利益打算，哪肯放棄權利。因之國家所能壓迫者只有沙門，於是就發生了武宗滅佛之事。合北朝之二武，史家稱之為三武滅佛。然而武宗崩後，宣宗即位，又「修復廢寺，度僧幾及其舊」。滅佛以增加租收的目的並未達到。

　　唐亡，經五代而至於宋，情況還是一樣，不但官戶可以免役免稅，沙門亦得免役免稅，人民爭相出家，國家不能不加限制，然諸路每歲所度人數乃逐漸增加，由三百人度一人，增至一百人度一人。於是特許出家遂成為政府財源之一。凡欲出家者須購買政府所發行之度牒。寧宗時，度牒每道為錢一千貫，後增至一千五百貫。此時金每兩為錢四十貫。度牒變成鈔票，可以用之為本錢，可以用之易米穀，可以用之充賜予，可以用之助經費。度牒之販賣只能救一時之急，結果則丁口減少，徭賦乏匱，而國家財政愈益困難。政府為彌縫赤字預算，只有向小民儘量搾取。於是宗教問題又轉變為社

會問題。

　　宋代佛寺大率也和南北朝的佛寺一樣，常常放債取息。看吧！「不要貪酒」為佛家五戒之一，文殊院固然禁止本院僧人喝酒，然而又把金錢借給酒家做本錢，把房屋借給別人開酒店（第三回），這樣一來，佛寺的財產當然天天增加。以上所說佛寺「救濟貧民」和「放債取息」的話，並不是我杜撰的，也不是我單看《水滸傳》而說，正在史上，亦有確實的證據。北魏宣武帝曾於五一一年即永平四年，下詔說：

　　　　僧祇之粟，本期濟施，儉年出貸，豐則收入山林，僧
　　　　尼隨以給施，民有窘敝，亦即賑之。但主司冒利，規
　　　　取贏息，及其徵責，不計水旱，或償利過本，或翻改
　　　　券契，侵盡貧下，莫知紀極。細民嗟毒，歲月滋深，
　　　　非所以矜此窮乏，宗尚慈拯之本意也。

這不是國家委託佛寺救濟貧民，而佛寺竟然放債取息的證據麼？佛寺有財產的原因在此，五臺山文殊院有巨大經濟力的原因亦在此。

　　一切宗教無不產生於民眾受難最苦的時代，但是宗教乃不能拯救民眾的苦難，反而民眾的苦難卻因宗教的麻醉而愈益延長。因為宗教常把樂園建設在幻想的世界，民眾受了幻想的迷惑，忘去現世的苦痛，其結果，常常不想改造現實的社會，而只想離開現實的社會，由是民眾漸次失去革命性，苦難也因之而延長。在各種宗教之中，最可使人失去革命性的，莫如佛教，南北朝人民深中了佛教的毒，所以當時政治

雖然非常腐化，而在歷史上，我們只看見軍閥們的「苦迭打」
(Coup d'Etat)（政變），卻不見民眾們的暴動，甚至於中央政
府也不鞏固。隋室雖然統一了南北朝，然而不及三十年而即
亡，天下又復分裂。繼此出來收拾殘局的，雖然是唐，然而
唐能統一天下，乃有恃於突厥的援助，唐高祖且不惜向突厥
稱臣（僥倖這種國恥，由唐太宗報復了），由此可知當時人民
因中佛教的毒，失去政治的能力了。所以民眾不先打倒宗教，
絕對得不到真正的幸福。反抗高利貸的魯達因逃命而入空門，
一旦為了實行革命，又不能不逃出空門，跳上梁山，我們看
到這裡，當能知道宗教與政治的關係。

小霸王劫婚與中國社會之「性」的缺點

　　人類愛其子女，一半由於生理上的本能，一半由於經濟上的必要。在生產力幼稚的社會，生了一個兒子，就是增加了一個消費者，所以愛惜子女的感情很弱。在生產力進步的社會，生了一個兒子，就是增加了一個生產者，所以愛惜子女的感情很強。

　　經濟愈進步，生產規模常常不斷的擴張，這個時候，多生一個兒子，就是多增加一個勞動力，因此，打胎殺兒不但視為不道德，並且視為不經濟。只惟女兒，因為她們少時不能夠做工，到了長大能夠做工的時候，而又須嫁給別人，所以視為「賠錢貨」，而為父母所遺棄。

　　家庭經濟愈需要勞動力，多生兒子，就可以增加家庭的財富，這個時候不但沒有殺兒的風俗，並且不能產兒的婦女又被世人蔑視。中國古代以「無子」為「七出」理由之一，其原因即在於此。

　　中國人口以農民為最多。農民平時受了賦稅的壓迫，而

政府對於米價問題，又不講求政策，不問歲之凶豐，對於農民均極不利。宋仁宗時李覯有言：

> 古人有言曰穀甚賤則傷農，貴則傷末，謂農常糶而末
> 常糴也。此一切之論也。愚以為賤則傷農，貴亦傷農
> 賤。則利末，貴亦利末……以一歲之中論之，大抵斂
> 時多賤，而種時多貴矣。夫農……不得而糶者，則有
> 由焉。小則具服器，大則營婚喪，公有賦役之令，私
> 有稱貸之責，故一穀始熟，腰鐮未解，而日輸於市焉。
> 糶者既多，其價不得不賤，賤則賈人乘勢而圈之，輕
> 其幣而大其量，不然，則不售矣。故曰斂時多賤，賤
> 則傷農而利末也。農人倉廩既不盈，寶窖既不實，多
> 或數月，少或旬時，而用度竭矣。土將生而或無種也，
> 未將執而或無食也，於是乎日取於市焉。糴者既多，
> 其價不得不貴，貴則賈人乘勢而閉之，重其幣而小其
> 量，不然則不予矣。故曰種時多貴，貴亦傷農而利末
> 也。農之糶也，或闔頃而收，連車而出，不能以足用。
> 及其糴也，或倍稱賤賣，毀室伐樹，不足以足食。而
> 坐賈常規人之餘，幸人之不足，所為甚逸，而所得甚
> 饒，此農所以困窮，而末所以兼恣也。(《李直講文集》
> 卷十六〈富國策第六〉)

所以農村之內往往因為過度貧窮，而發生人口過剩的現象。這個過剩的人口能夠逃出農村，跑到都市討生活麼？中國都市是消費都市，不是生產都市，沒有工廠，當然不需要勞動

者。但是中國的都市何以沒有工廠？原來工廠的發達是由於機器的發明，而機器的發明則有其物質的條件。中國因為農村不斷的破壞，而有過剩的廉價勞動力；勞動力的過剩對於中國的工業，固然是有利的，然而中國勞動力的過剩太過厲害，因此，遂阻害了技術的改良，而使機器沒有發明的機會。因為社會上既然有了廉價的勞動力，則生產者雇用人工，比之採用機器，實在便宜許多。何況發明一個機器，又足以剝奪人工，而使無數勞動者失去職業呢。中國古代政府不但不獎勵機器的發明，並且又用嚴刑峻法，禁止人民發明機器，《禮記・王制》所謂「作奇技奇器，以疑眾，殺」，其原因即在於此。技術既然不能改良，中國的工業當然不能發達。更進一步觀之，中國人口以農民占大多數，而中國農民的生計又很悲慘，這個現象由消費力方面說，對於中國工業的發展，又是有害的。一方因為勞動力的過剩，致機器沒有發明的機會，同時又因為消費力的微弱，致生產品無處發售，其結果，遂使中國工業數千年來，均在同一的規模上反覆著。不能由家內手工業變為工廠工業，這便是中國古代不能產生資本主義的原因。

　　農村既然感覺人口過剩，而又沒有排洩的地方，於是農民因為生活關係，就有減少人口的必要。但是他們怎樣減少人口呢？制慾麼，不能；用醫藥的方法麼，沒有。那末，當然只有待兒女生了之後，再把兒女殺死而已。這樣，就發生了溺兒的風俗。在這個時候，他們溺死哪一種兒子呢，「不孝有三，無後為大」，男兒是本家傳種的工具，而女兒不過供給別家傳種，所以他們所溺死的，大半是「賠錢貨」的女兒。

家家都把女兒溺死，於是中國社會遂發生了一種性的缺陷，即男兒太多，女兒太少。

男兒太多，女兒太少，到了男女成年之後，當然有一部分的男人覓不到老婆。女人的需要超過於女人的供給，固然可以提高新娘的價格，而使人們生產女兒。但是她們是人類，不是貨物，貨物可以自由生產，人類則當待於自然的增殖，既然不能用人為的方法，把他製造出來，而製造之後，又當經過一定年齡之後，才有「使用價值」，所以新娘的價格提高之後，覓不到老婆的人更不容易覓到老婆。

中國人把結婚看做「人生大事」，所謂「大事」並不是指「偉大的事」，是指「花大錢的事」。結婚花錢，固然是社會上一切階級共通的現象，不過上層階級結婚花錢，不是因為娶妻而花錢，乃是因為請客而花錢。反之下層階級結婚，不但請客要花錢，並且娶妻也要花錢。換言之，下層階級的結婚大約是「買賣婚姻」。而新娘的價格則比例於年齡的大小。因此，農家常常購買比較便宜的「半製品」，以作童養媳，等到年齡大了，而後結婚。

結婚要花大錢，其結果，中國人在經濟上若是落伍者，在性慾上就淪為失敗者。食色是人類的天性，食的問題不能解決，已經可使人們鋌而走險，如果色的問題再不能解決，則其結果將更不堪設想。

就普通的情形說，結婚的人大約是善良的。他們有妻子之累，不能不致力於生產事業，他們有家庭的愛情，不能不安分守法，他們是國家的良民。反之，沒有結婚的人，因為沒有家累，可以遊手好閒。如果他們單單遊手好閒，也不過

表示他們個人沒有出息而已。然而事實並不這樣簡單，人類都有奢望，他們天天看見別人食前方丈，侍妾數十人，他們能夠不動心麼？然而他們的行動比較自由，不怕犯法累及妻子。心理上既然沒有牽掛，物質上也沒有負累，所以他們很容易變成國家的暴民。

　　他們變成暴民之後，不但「饑荒」可以解決，便是「色荒」也可以解決。看吧！小霸王周通不是因為做了山上大王，竟然有同桃花村劉小姐訂婚的資格麼？倘若周通未曾落草，他們哪裡能夠「撒下二十兩銀子，一疋紅錦為定禮」（第四回）？縱令周通能夠拿出二十兩銀子和一疋紅錦，又哪裡能夠和地主家裡的小姐訂婚？這一段姻緣雖然給魯智深破壞，然而周通有資格娶鄉紳的小姐做老婆，我們仍不能否認。

　　下層階級既然有「色」的飢餓，所以他們又以禁慾生活為難能可貴的事，而視為最高的道德行為。這種道德觀念在上層階級，是很缺乏的。因為他們對於色的問題，已經解決了，所以視為日常便飯，不以為意。司馬相如拐帶人家女兒而私逃，後世士大夫竟然稱之為風流的事。如果這種事情發生在下層階級，則司馬相如不能入「綠林」，亦難不能入「士林」。花蝴蝶不見容於七俠五義，就是因為他不能犧牲色慾。下層階級這樣重視禁慾生活，所以周通雖然看上了劉小姐，尚須經過「定禮」的手續，而後纔來完婚。周通能夠上梁山泊與諸好漢為伍，就是因為他好色而不淫，知道「色禮」。

何以草料場的火燒不死林沖

社會愈黑暗，果報思想愈流行。

中國的小說不管怎樣的誨淫，或怎樣的誨盜，其結局無非證明「積善之家必有餘慶，積不善之家必有餘殃」。《太上感應篇》、《科場異聞錄》、《閱微草堂筆記》固不必言，甚而至於正史裡面，也含有果報的思想，看吧！「殷羨字洪喬，為豫章太守，都下人因其致書者百餘函，行次石頭，皆投之水中，曰：沉者自沉，浮者自浮，殷洪喬不為致書郵」。人家託他寄信，是何等鄭重的事，殷羨竟投在江中。但是報應不遠，其子殷浩竟以空函，不能出仕了。浩有虛譽，朝廷拜為將軍，將兵北征，然師徒屢敗，糧械都盡，桓溫上疏數浩之罪，遂坐廢為庶人。「後溫將以浩為尚書令，遺書告之，浩欣然許焉，將答書，慮有謬誤，開閉者數十，竟達空函，大忤溫意，由是遂絕」。這不是果報，是甚麼？

《水滸傳》也有不少的果報的話，比方林沖無辜受刑，充軍滄州，高太尉又派陸謙設法陷害，這個時候，林沖生命

危險極了。然而「天理昭然，佑護善人善士」，一場大雪不但救了林沖的生命，且使林沖手刃了賣友求榮的陸謙（第九回）。痛快！痛快！

不但小說，就是正史也有果報之言，司馬懿受兩世託孤之命，就友誼言，亦應竭股肱之力，效忠貞之節，而乃欺陵幼主，誅戮大臣，子師廢齊王而立高貴鄉公，昭弒高貴鄉公而立陳留王，每乘廢置，竊取威權，三世秉政，卒遷魏鼎，其創業之本異於前代。「晉明帝時，王導侍坐，帝問前世之所以得天下。導乃陳宣帝（司馬懿）創業之始及文帝（司馬昭）末高貴鄉公事。明帝以面覆牀曰，若如公言，晉祚復安得長」。前此，「欺他人孤兒寡婦，狐媚以得天下」，現在生兒（惠帝）愚闇，而又為其后（賈后）所制；前此，殺害曹爽，使曹家兄弟不能屏藩王室，現在則八王作亂，骨肉自相殘殺，而亡國之日，「宋受晉終，馬氏遂為廢姓」，可謂慘矣。而「齊受宋禪，劉宗盡見誅夷」，報應又不爽了。隋奪宇文（北周）天下，而弒隋煬帝的便是宇文兄弟（宇文化及、宇文智及）；唐奪楊（隋）之天下，而亂唐之政治的則為楊家兄妹（楊國忠、楊貴妃）。冥冥之中似有安排；這個安排似非出自神的自由意志，而是基於因果法則。

中國古代是一個黑暗的社會，處處有土豪劣紳的壓迫，處處有奸官惡吏的魚肉，中國人民數千年來歷受摧殘，已經失去勇氣，毫無抵抗的能力了。自己既然沒有能力抵抗，要求社會同情麼？「各人自掃門前雪，不管他人瓦上霜」，成為中國的格言，誰肯出來代抱不平。何況中國社會既然黑暗，一舉一動稍不留心，就有家破身亡的危險，則各人為了自己

的安全起見，當然「危行言遜」，不欲多管閒事了。要求官廳援助麼？中國古代有一種最高的政治原則，叫做「無為而治」，因此，在中國做官，最緊要的，不在於「做事」，而在於「對付人」，你能夠應酬周到，與上大夫言，「誾誾如也」拍馬，與下大夫言，「侃侃如也」吹牛，則大家將推許你，而你的官運也亨通了。中國人稱才為「人才」，其意就是指「才」也者，是「對人的才」，不是「做事的才」，「人才」太多，「事才」太少，這是中國政界腐化的原因。「才」既然不在於做事，而在於對付人，那末，發生一個問題，當然要看對方是何種人物，本「不得罪於巨室」的宗旨，寧願坐看被壓迫者之被壓迫了。

　　社會不敢援助，官廳不肯援助，中國的被壓迫階級將永久沒有出路麼？因此，中國社會遂流行一種俠義小說，希望有俠客出來，替天行道，扶弱鋤強。在政治修明的國家，俠義小說絕對得不到人家的歡迎，因為一面有健全的輿論，監督政府，同時又有賢明的法律，保護人民。無辜的人受了壓迫，法律自能保護，萬一法律不能保護，則輿論必攻擊政府，使政府無從逃避。因此之故，俠客毫無用處；不但沒有用處，並且俠客之「越俎代庖」，亦為法律所不容。由此可知俠義小說的流行，乃是暗示社會的黑暗。在黑暗社會，有了一位俠客，扶弱鋤強，當然容易得到群眾的信仰，而被尊為無冠的皇帝。

　　但是俠客是不能強求的，一部二十四史共有幾位俠客，黃天霸、白玉堂只是小說家的寓言，哪裡有這樣的人物。俠客既不可得，群眾的思想就不能不轉變了。他們受了壓迫和

剝削，既不敢希望政府制裁，又不敢希望俠客援助，他們只
希望冥冥之中，有一個萬能的神，代他們伸冤，於是就發生
了果報的思想。所以果報思想的流行，也不過表示社會黑暗
到了極點罷了。

　　但是中國的果報思想又和別國的果報思想，稍有不同之
點。耶穌教的最後審判，乃在於遙遙的將來，佛教的輪迴也
放在來生。反之，中國的果報則在現世。看吧！《科場異聞
錄》、《太上感應篇》無不說明現世的報應。報應不放在來生，
而必放在現世，實因中國人民受難已久，來生之事既不可知，
而最後審判又復遙遙無期，倘若沒有現世報應，則不但不能
威嚇壓迫者作惡之念，且又不能減少被壓迫者忿忿不平之氣。
民眾們，鎮靜吧！報應就在眼前！《紅樓夢》上說：

> 陋室空堂，當年笏滿牀。衰草枯楊，曾為歌舞場。蛛
> 絲兒結滿雕梁，綠紗今又糊在蓬窗上。說甚麼脂正濃，
> 粉正香，如何兩鬢又成霜。昨日黃土隴頭堆白骨，今
> 宵紅綃帳裡臥鴛鴦。金滿箱，銀滿箱，轉眼乞丐人皆
> 謗。正歎他人命不長，那知自己歸來喪。訓有方，保
> 不定日後作強梁。擇膏粱，誰承望流落在煙花巷。因
> 嫌紗帽小，致使鎖枷杠。昨憐破襖寒，今嫌紫蟒長。
> 亂烘烘，你方唱罷我登場，反認他鄉是故鄉。甚荒唐，
> 到頭來，都是為他人作嫁衣裳。

實與《新約聖經》上說：

　　爾們貧窮的人有福了，因為上帝的國是爾們的。爾們
　　飢餓的人有福了，因為爾們將要飽足。爾們哀哭的人
　　有福了，因為爾們將要喜笑。……但是爾們富足的人
　　有禍了，因為爾們受過安慰。爾們飽足的人有禍了，
　　因為爾們將要飢餓。爾們喜笑的人有禍了，因為爾們
　　將要哀慟哭泣。（〈路加福音書〉第六章二十節到二十
　　五節）

有異曲同工之巧。報應既然這樣威靈，民眾們何必出來作反
動運動呢？宗教的作用在此，支配階級提倡宗教的理由也在
此。

　　然而因此，卻救了林沖的命，所以有人說，中國小說沒
有真正的悲劇。

十萬貫生辰綱之社會學的意義

　　闊人過生發財，窮人過生花錢。闊人過生，固然是恭喜的事，窮人過生，則甚煩惱。請客麼？沒有錢。不請客麼？客來了，面子不好看。逃避麼？逃到哪裡。闊人的過生，則不然了。他們請客，固然也要花錢，但是他們所得的賀禮，比之他們請客所花的金錢，其價值往往大過十倍或數千倍。我們只看蔡京的生辰，單單其女婿梁世傑所送的賀禮，已有十萬貫，便可知道闊人喜歡過生的理由了。

　　十萬貫生辰綱，由蔡京方面說，是他應得的利息，由梁世傑方面說，也應該看做投資。因為是投資，所以用經濟學上的術語來說，叫做「生產的消費」，能夠生產利息。梁世傑花了十萬貫的金錢，收買金珠寶貝，送給蔡京慶壽（第二十回），蔡京收到之後，當然要另眼看待梁世傑，於是梁世傑的地位安穩了，不，還可以步步高昇。這個時候，當然有人像梁世傑巴結蔡京那樣，來巴結梁世傑，於梁世傑的生辰，也送來十萬貫金珠寶貝。這不是利息而何？何況梁世傑既然保

得住地位，當然可以利用自己的地位，刮索民膏呢？於此，我們尚可以得到一種教訓，就是官位愈高，愈不必直接刮索民膏，自然有不少的人，用他們刮索的所得，拿來孝敬他，直接刮索民膏，乃是縣長老爺的職務，巨吏而尚直接刮索民膏，只足證明他是蠢家貨而已。

　　古代中國的官俸是很微薄的，單單依靠官俸，絕對不能維持身分相等的生活。這個事情，由政府方面說，固然可以減少國家財政的負擔，然其結果，實無異於默認做官的貪汙。在中國，貪汙成為普通的現象，不，而且成為原則的現象。如果你做官之後，而尚兩袖清風，一定有人罵你蠢，反之，你能買地皮、築洋樓、討小老婆，則你最少必可得到「能幹」的聲名。固然在中國歷史上，也有不少的清官，受了後人無限的崇拜。其實做官要做事，單單清廉，有甚麼可貴，人人感覺其可貴，就是反證貪汙成為普遍的現象。天下烏鴉都是一樣黑，有了一隻白色的烏鴉，當然人人看做奇怪。哪裡知道在法治森嚴的國家，清官只是遼東白豕呢？

　　在中國，讀書的人都想做官，這不但因為中國產業不發達，知識分子除了做官之外，沒有別的謀生方法，並且因為受了儒家思想的影響。儒家思想是由「修身齊家」出發的，而結局則歸於「治國平天下」。「治國平天下」是政治家的職務，而在社會尚未發達、民智尚未進步的時候，人們要用自己的才幹，以實行「治國平天下」的抱負，必須做官，用現代的話來說，就是必須取得政權。孔孟栖栖季世，猶復遊說諸侯，教以王道，到了言不能行，纔退而從事著作，由此可知孔孟本人怎樣注意於取得政權了。儒家的思想既以「治國

平天下」為其最後目的，而孔孟的行動又欲取得政權，那末，讀了孔孟的書的知識分子自然也想做官了。這個時候，如果除了孔孟的書之外，尚有其他學問，則讀書的人固然不能指其全部都想做官，但是中國從前教育乃專教五經四書，即專教孔孟的學說，所以中國教育方針，不在於啟發民智，而在於製造政治家。這樣一來，不但知識階級都想做官，便是一般民眾也以做官為知識階級的特權了。這個「讀書做官治國」的思想既然成為知識階級的心理，到了後來，知識階級又忘卻了「讀書」的最後目的的「治國」，而只知道「治國」的中間手段的「做官」。「讀書」和「做官」合為一體，由是教育方針又與「治國」脫離關係，而惟成為知識階級「做官」的工具。

但是不管怎樣，做官的本來手段總是讀書，做官的本來目的總是治國。讀書乃所以養成才幹，治國乃所以發揮才幹，即人們用才幹得到官爵，又利用官爵的地位，發揮才幹，這乃是做官的本來意義，所以做官的公式可定為：

$$才——官——才$$

但是不久，這個公式就非變更不可，何以呢？自商品生產發達之後，商業成為儲財的重要方法，官爵的地位可以刮索民膏，換言之，可以儲財，因此人們做官就不以發揮才幹為目的，而以儲財為目的。官爵既然成為儲財的工具，那末政府——有官爵任免權的人——要想儲財，亦只有變成商人，變成提供本錢最便宜的商品的商人，把官爵賣給出價最高的人。這個事實最初發現於中國歷史之上的，則為漢代。秦時已有鬻爵之制，始皇四年，「百姓內粟千石，拜爵一級」。漢

承秦制，惠帝元年令「民有罪，得買爵三十級，以免死罪」。
文帝時晁錯又提議鬻爵，並予以合理的說明，文帝從錯之言，
鬻爵遂成為確定的制度。

晁錯復說上曰：

> 方今之務莫如使人務農而已矣。欲民務農，在於貴粟。
> 貴粟之道在於使民以粟為賞罰。今募天下入粟縣官，
> 得以拜爵，得以除罪。如此，富人有爵，農民有錢，
> 粟有所渫。夫能入粟以受爵者皆有餘者也。取於有餘，
> 以供上用，則貧民之賦可損。所謂損有餘補不足，令
> 出而民利者也。順於民心，所補者三，一曰主用足，
> 二曰民賦少，三曰勸農功……爵者上之所擅，出於口
> 而無窮，粟者民之所種，生於地而不乏。夫得高爵與
> 免罪，人之所甚欲也。使天下入粟於邊，以受爵免罪，
> 不過三歲，塞下之粟必多矣。於是文帝從錯之言，令
> 民入粟邊六百石，爵上造；稍增至四千石為五大夫；
> 萬二千石為大庶長，各以多少級數為差。

景帝時，「上郡以西旱，復修賣爵令，而裁其賈以招民」。
人民買爵不但是名譽而已。凡爵至第九級之五大夫，可免徭
役，而犯罪之時又得以爵贖罪，而減免罪刑，上述惠帝元年
之詔即其明證。因此之故，人民無不願意買爵。武帝時又賣
武功爵。爵十七級，凡至第七級之「千夫」，如文爵之「五大
夫」可免徭役。兵革屢動，爵可以躐免徭役，所以人民買爵
者甚多。有錢的人能夠買爵的都已買爵了，爵的銷路停止，

於是武帝又發售不花本錢的商品，即賣官。

> 令吏得入穀補官，郎至六百石。補注引沈欽韓曰前此
> 鬻爵，高者復除而已，此乃直任職也。

　　賣官制度於是乎開始。魏晉以後，吏部掌選舉，因之，吏部尚書常常賣官，如在南朝：「庾炳之遷吏部尚書，頗通貨賄」，甚至吏部郎，例如劉孝綽在職，頗通贓貨。又如北朝，「元暉遷吏部尚書，納貨用官皆有定價，大郡二千疋，次郡一千疋，下郡五百疋，其餘受職各有差，天下號曰市曹」。明在嚴嵩時代，「吏兵二部尤大利所在」（《明史紀事本末》卷五十四〈嚴嵩用事〉，嘉靖三十二年楊繼盛疏言）。蓋文選歸吏部，武選歸兵部之故。當然嚴嵩本身更以貪汙為事，而如楊繼盛所說：「將弁惟賄嵩，不得不腹削士卒，有司惟賄嵩，不得不掊剋百姓。」政治腐化，做官的手段不是依靠才幹，而是依靠貨財。做官的目的在於儲財，做官的手段利用貨財，所以上述做官的公式也應該改作：

財──官──財

從而上面所說的「讀書做官治國」那句話，也變作「讀書做官發財」。

　　既然利用貨財，以取得官爵，又復利用官爵，以取得貨財，則投下的貨財比之收回的貨財，必其價值較多，而後纔有意義。但是怎樣纔能使收回的貨財比較投下的貨財為多呢？中國古代的官俸是很薄的，單單依靠官俸，當然不行，唯一的方法只有刮索民膏。於是蔡京收到十萬貫的賀禮了，梁世

傑花去十萬貫的賀禮，也向民間取償了。其結果，當然官吏
發財，百姓遭殃。草創梁山泊的是晁蓋、吳用等七人，而晁
蓋、吳用等七人所以必須落草，則由於劫取生辰綱。這個事
實指示甚麼呢？乃所以證明強迫人民做土匪、做強盜的，是
由於官吏的貪汙。

　　做官可以發財，固然是古今一樣，但是古人做官發財遠
不及今人厲害，這是有理由的。第一是政治上的理由，第二
是經濟上的理由。在專制政治之下，國家是君主的私產，君
主要謀自己地位的安固，不能不討人民的歡心，君主要討人
民的歡心，不能不禁止官吏的貪汙。因為官吏太過刮索民膏，
勢必引起人民的反抗，而使皇室陷於危險的地位。因此，在
君主專制時代，雖然百事都壞，而官吏的刮索卻有一定的限
度，即限於不致引起人民反抗而間接害到皇室安全的程度之
內。超過這個程度之上，君主一定出來干涉，用「抄家」的
方法，向人民謝罪。反之，在民主政治之下，國家是人民的
國家，這句話說來很好聽，其實任誰都是國家的主人翁，其
結果往往變成任誰都不是國家的主人翁，即任誰對於國家的
安危，都不負責。從前貪汙因為有君主的干涉，不敢太過厲
害。現在呢？彼此都是相識，念到自己失腳時候的危險，誰
肯過問別人的貪汙呢？

　　政治上的理由既然可以造成官吏貪汙的機會，而經濟上
的理由則可使官吏貪汙，愈益便利。在自然經濟之下，官吏
向人民徵取的捐稅，盡是貨物，牛乳羊肉既然容易腐敗，而
綢緞珠寶多取亦無用處，所以在自然經濟之下，苛捐雜稅常
有一定限度。到了貨幣發生之後，形勢乃復一變。貨幣可以

保存，不會腐爛，並且無論在甚麼地方，都可使用，因此官吏遂發生了剝削人民的野心。但是貨幣若是現金，則金滿箱，銀滿箱，在交通不便的時代，不但運輸不易，並且謾藏誨盜，很容易引起盜賊的窺窺，而致自己的生命也有危險，所以當時的剝削也有一定的限界。現在呢？現在是信用經濟時代，數千萬的巨款能夠同孫悟空的金箍棒一樣，變成一張匯票，塞在耳朵裡面，哪怕半途被強盜搶去？因此之故，現在人的貪汙遂超過古人數萬倍。

梁世傑用十萬貫金錢，收買金珠寶貝，送給蔡京慶壽，半途給強盜搶去，這種事情在現代不會發生。固然宋代有會子、交子之法，「蓋有取於唐之飛錢」，最初只是匯票。

> 先是太祖時取唐飛錢故事，許民入錢京師，於諸州便換。其法商人入錢左藏庫，先經三司投牒，乃輸於庫……給以券，仍敕諸州，凡商人齎券至，當日給付，違者科罰。

其後益州人民以鐵錢重，書紙代錢，以便市易，稱之為交子，於是會子的匯票又進化為交子的紙幣。據《宋史》所載：

> 蜀用鐵錢，民苦轉貿重，故設法書紙代錢，以便市易。益州……民間以鐵錢重，私為券，以便交易，謂之交子。
>
> 蜀用鐵錢，以其艱於轉移，故權以楮券。

既然變為紙幣，政府便負發行之責，一交一緡。今日國家銀
行發行紙幣，必有準備金。宋初，亦有本錢，即如李光所說：
「有錢則交子可行……椿辦若干錢，行若干交子。」紙幣一
經發行，除了破裂之外，無須限期收回，交子則以三年為界。

> 會子交子之法蓋有取於唐之飛錢……一交一緡，以三
> 年為一界而換之，六十五年為二十二界，謂之交子……
> 界以百二十五萬六千三百四十緡為額。

又者今日貨幣乃通行於全國，錢幣如此，紙幣亦然。宋
因錢重難運，因之錢幣不能統一，這與漢的五銖已經不同了。
楮幣雖輕，乃同錢幣一樣，各地交子各自印造，而致後來或
廢或用，號令反覆，民聽疑惑。馬端臨說：

> （宋）自中興以來，轉而用楮幣。夫錢重而直少，則
> 多置監以鑄之可也。楮輕而直多，則就行都印造足矣，
> 今既有行在會子，又有川引淮引湖會，各自印造，而
> 其末也，收換不行，稱提無策，何哉。蓋置會子之初
> 意，本非即以會為錢，蓋以茶鹽鈔引之屬視之，而暫
> 以權錢耳。然鈔引則所直者重（原注，承平時，解鹽
> 場四貫八百售一鈔，請鹽二百斤），而會子則止於一
> 貫，下至三百二百。鈔引只令商人憑以取茶鹽香貨，
> 故必須分路（原注，如顆鹽鈔只可行於陝西，末鹽鈔
> 只可行於江淮之類），會子則公私買賣支給無往而不
> 用。且自一貫造至二百，則是明以之代見錢矣。又況

以尺楮而代數斤之銅，齎輕用重，千里之遠，數萬之
緡，一夫之力赳日可到，則何必川自川，淮自淮，湖
自湖，而使後來或廢或用，號令反覆，民聽疑惑乎。
蓋兩淮荊湖所造，朝廷初意欲暫用而即廢，而不知流
落民間，便同見鏹。所以後來收換生受，只得再造，
遂愈多而愈賤，亦是立法之初講之不詳故也。

到了國家財政困難，就如濫發紙幣一樣，濫發會子。「官無本
錢，民何以信」，「會子太多，而本錢不足，遂致有弊」。神宗
時已有這種現象。

自用兵取湟廓西寧，籍其法（會子）以助邊費，較天
聖一界逾二十倍，而價愈損。及更界年，新交子一當
舊者四。

徽宗時，會子更見跌價，一緡當錢十數。

凡舊歲，造一界，備本錢三十六萬緡。新舊相因，大
觀中，不蓄本錢，而增造無藝，而引一緡當錢十數。

　這是北宋的情況，南渡以後，會子之制更濫，不但政府
濫發交子，而民間偽造交子又充斥於市場之上。
　紙幣既不可信用，而宋因為乏銅之故，又鑄鐵錢。然而
幣制不立，盜鑄之風甚熾，銅鐵二錢不斷跌價，於是錢幣也
和楮券一樣，人多不用。這便是梁世傑須收買金珠寶貝，以

作禮物的原因。現代呢？打了一封電報，便是千萬貫金錢，也可委託銀行送往。倘若梁世傑生在今日社會，不但賀禮不會給別人搶去，並且連奉送賀禮一事，也將無人知道。經濟制度的進步不能增加生產力，反而助長奸官汙吏之受取紅包，誰能想得到呢。

王倫何以不配做梁山泊領袖

「使我有雒陽負郭田二頃，我豈能佩六國相印乎？」這是蘇秦的話。同時張儀呢？

張儀之趙，上謁求見蘇秦，蘇秦乃誡門下人不為通，又使不得去者數日，已而見之，座之堂下，賜僕妾之食，因而數讓之，曰：以子之材能，乃自令困辱至此，吾寧不能言而富貴子，子不足收也，謝去之。張儀之來也，自以為故人，求益反見辱，怒，念諸侯莫可事，獨秦能苦趙，乃遂入秦。蘇秦已而告其舍人曰：張儀天下賢士，吾殆弗如也，吾今幸先用，而能用秦柄者，獨張儀可耳，然貧無因以進，吾恐其樂小利而不遂，故召辱之，以激其意，子為我陰奉之。

由他二人的事看來，我們對於士大夫階級，可以得到一種結論：窮則發奮，舒則苟安。

　　何以士大夫階級有這種性質呢？士大夫階級是一種中間階級，中間階級乃對於基本階級而言，在古代，基本階級為貴族與農奴，在今日為資本家與勞動者。中間階級則站在貴族與農奴之間，亦站在資本家與勞動者之間。幸運的可以上昇為貴族或資本家，不幸的則要下沉為農奴或勞動者。他們的地位是浮動的，所以他們和基本階級不同，沒有一個共同的利害關係足使他們發生階級意識。何況他們又常常猛烈競爭，為了開拓自己的出路，不惜犧牲別人的利益，因此之故，他們更難精誠團結。總而言之，中間階級沒有階級意識，不能精誠團結，而為一種浮動的階級。

　　士大夫階級就是中間階級的一種，他們在經濟上，站在剝削和被剝削之間，在政治上，站在支配和被支配之間。他們可以上昇為支配階級，也可以下沉為被支配階級。因此之故，他們常常分裂為小集團，隸屬於各基本階級，成為精神的鬥士，一部分為支配階級的利益而奮鬥，他部分則為被支配階級的利益而奮鬥。他們為了開拓自己的出路，固然大多數依靠於支配階級，要求支配階級的援助，但是他們一旦知道支配階級不能援助自己，他們又不惜離開支配階級，而投降於被支配階級的革命團體之中。不過他們的地位既然站在支配和被支配之間，所以他們的投降又是不可信用的。當革命潮流高漲的時候，他們的熱血固然也上昇到沸點以上，但是革命的高潮過了之後，而入於最後的持久的鬥爭，他們又不免動搖起來。里諺說：「秀才造反，三年不成」，就是因為士大夫階級有這種性質。

　　我曾說過：在中國最有勢力的，有兩種人：一是紳士（大

地主），一是流氓（沒落的農民），地主可以做皇帝，流氓也可以做皇帝。至於士大夫階級則站在二者之間，自古至今，沒有一人曾做過皇帝（參看〈吳用何以只能坐第三把交椅〉）。所謂「大丈夫不能流芳百世，亦須遺臭萬年」，這句話絕對不是士大夫階級所能說的。試看桓溫吧！他祖父名顥，做過郎中，他父名彝，做過太守，當時顯宦如王導、周顗、謝琨、庾亮、溫嶠等都是他父親的好朋友。桓溫所以名溫，就是因為「生未碁，而太原溫嶠見之，曰：此兒有奇骨，可試使啼，聞其聲，曰：真英物也。彝以嶠所賞，故遂名之曰溫」。到了桓溫年長就娶晉明帝女南康公主為婦，由他門閥看來，實是一個貴族。後以軍功，官至大司馬。但是溫自負才力，久懷異志，曾「撫枕起曰：既不能留芳後世，不足復遺臭萬載耶。常行經王敦墓，望之曰：可人可人，其心迹若是」。所以兵敗枋頭之後，就想篡奪晉祚，廢帝奕，而立簡文帝。僥倖天不亡晉，桓溫得疾而薨（《晉書》卷九十八〈桓溫傳〉）。晉雖不亡於貴族的桓溫，而卒亡於流氓的劉裕。裕僅識文字，以賣履為業，好樗蒲，為鄉里所賤。所以由裕的出身看來，確是一個流氓。同時與桓溫齊名的，有一個殷浩，他是江東名士，為風流談論者所宗。簡文帝以「浩有盛名，朝野推服，故引為心膂，以抗於溫」，拜為建武將軍，參綜朝權，因此，溫浩二人頗相疑貳。「王羲之密說浩，令與桓溫和同，不宜內搆嫌隙，浩不從」。後浩北征敗績，桓溫上疏彈劾，遂廢為庶人。溫雖怨浩，然尚說：「浩有德有言，向使作令僕，足以儀刑百揆，朝廷用違其才耳。」所以不久就想「以浩為尚書令，遺書告之，浩欣然許焉，將答書，慮有謬誤，開閉者數十，竟

達空函，大忤溫意，由是遂絕」。由他兩人的事看來，可知貴族與士人的胸襟完全不同。貴族不以「位極人臣」為滿足，稍有機會，就想窺覦非望。反之，士人一旦失腳，就不惜降伏於昔日敵人之下，甘為一個尚書令。

王倫本是一個落第秀才，我們固然不能由落第秀才四字，斷定王倫的人物，然卻可由秀才二字，斷定王倫的胸襟。士大夫的秀才最多只能做卿相，必不能做帝皇。他們不能做帝皇，不是因為他們的才幹不夠，乃是因為他們是中間階級，胸襟不廣，只配幫別人成大事，不配自己獨立做大事，蕭何幫助流氓的劉邦、范增幫助貴族的項羽，就是一個證據。

士大夫階級只配做人臣，不配做人君。做人君的用人，用人的當能知人，不但不宜妒才，且須愛才，用別人的才，以補自己的拙，這是人君的要件。劉邦不過沛下一個亭長，有甚麼才幹，然而他能把政權委託蕭何，把軍權委託韓信，而又任用張良為謀士，所以能夠得到天下。桓溫雖然同殷浩不和，然而後來還想拜浩為尚書令，也是因為他胸襟較大，想做皇帝。反之，為人臣的用於人，用於人的，要提高自己的地位，勢不能壓低別人的地位。既要壓低別人的地位，其結果常常嫉賢妒才。龐涓與孫臏的故事，便是一個例子。

> 孫臏嘗與龐涓俱學兵法，龐涓既事魏，得為惠王將軍，而自以為能不及孫臏，乃陰使召孫臏，臏至，龐涓惡其賢於己，疾之，則以法刑斷其兩足而黥之。

由秀才出身的王倫當然也有這種性質。當林沖上山之時，

王倫若有大志，理應推心置腹，待以國士之禮。但是王倫竟然因為林沖武藝高強，恐怕他認破自己手段，拒絕上山，到了林沖苦苦哀求，又復以「投名狀」相強；而既許入山之後，又只許林沖坐第四位（第十回及第十一回）。這種態度，林沖何能心服。且看劉邦吧！他任用韓信，何等痛快。

> 何（蕭何）曰：王計必欲東，能用信（韓信），信即留，不能用信，終亡耳。王（劉邦）曰：吾為公以為將。何曰：雖為將，信必不留。王曰：以為大將。何曰：幸甚。於是王欲召信拜之。何曰：王素慢無禮，今拜大將，如呼小兒耳，此乃信所以去也。王必欲拜之，擇良日，齋戒設壇場具禮乃可耳。王許之，諸將皆喜，人人各自以為得大將，至拜大將，乃信也，一軍皆驚。

此後韓信不聽蒯通的話，且說：「漢王遇我甚厚，載我以其車，衣我以其衣，食我以其食。吾聞之，乘人之車者，載人之患，衣人之衣者，懷人之憂，食人之食者，死人之事，吾豈可以鄉利倍義乎？」是有理由的。

反之，項羽用人，據韓信說：

> 項王喑噁叱咤，千人皆廢，然不能任屬賢將，此特匹夫之勇耳。項王見人恭敬慈愛，言語嘔嘔，人有疾病，涕泣分食飲，至使人有功，當封爵者，印刓弊，忍不能予，此所謂婦人之仁也。

老臣范增也離開項羽而他去，不是沒有原因的。

　　王倫因落第而竟落草，這可視為「窮則發奮」的證據。然而秀才配做甚麼事，所以得到梁山泊之後，就心滿意足，只求保守，不求進取，連一個林沖還不敢收留，哪裡配收羅天下英才，出來逐鹿中原。這可視為「舒則苟安」的證據。

　　士大夫階級既然窮則發奮，舒則苟安，則國家對付士大夫的方法，當使他們不至絕望而後可。士大夫最有耐性，他們若有一線希望，寧可守株待兔，不願背城借一。由於這個要求，就產生了科舉制度。中國取士之法，本不適當，試之以詞章，按之以資格，所謂「選賢與能」之意，絕對不能達到。但是雕蟲末技既然成為士大夫進身之道，士大夫當然「棘闈呵守暖，鐵硯呵磨穿」。「投至得雲路鵬程九萬里，先受了雪窗螢火十餘年」，這種方法只足消磨人們的志氣，何能發展人們的天才。不過志氣消磨對於皇家是有利益的。因為其人既無大志，當然不會發生窺覦帝位之心，何況年年考試，尚可懸士大夫希望之心，今年落第，明年再考，明年落第，後年再考，然而光陰易逝，年復一年，他們年齡已老，意氣全消，這個時候，他們雖不得志，亦只能老死牖下，絕對不能鋌而走險了，這是歷代賢主賢君注重科舉的原因。

由潘金蓮與西門慶談到古代的婚姻問題

　　人類所視為最重要的，有兩件事：一是食，一是色。人類為了解決食的問題，就有經濟組織；為了解決色的問題，就有婚姻制度。食的問題不能解決，當然可以發生許多糾紛；色的問題不能解決，社會也不免混亂。古人說：「食色天性。」古人要解決食的問題，則主張「百畝之田，勿失其時」；要解決色的問題，則主張「內無怨女，外無曠夫」。這兩個問題能夠解決清楚，政治便可納上「王道」。

　　不但中國學者，便是歐洲學者也很重視這兩個問題。柏拉圖 (Plato) 在其《理想國》中，一方主張共產，以解決食的問題；他方主張共妻，以解決色的問題。可以視為一個證據。就是初期的社會主義如翁封湯 (Enfantin)、傅立葉 (Fourier) 等輩也想同時解決食色問題。不過食的問題乃是人對物的關係，一方的人能夠同意，就不必再求他方的物贊成。反之，色的問題則為人對人的關係，不但須問一方的人願意不願意，並且須問他方的人贊成不贊成。賈府因為薛寶釵性溫和而體康

健，林黛玉性乖僻而體虛弱，遂由優生學上的理由，硬使寶玉娶寶釵為婦。但是寶玉卻另有一種眼光，不喜歡豐腴美滿的寶釵，而喜歡弱不勝衣的黛玉。婚姻不能滿意，卒致黛玉夭折，寶玉出家，寶釵守寡。由此可知縱在古代，關於色的問題，已難「越俎代庖」，何況現代人喜歡自由，更何肯聽人干涉。因此之故，近來社會主義者遂專謀解決食的問題，至於色的問題，則完全委於個人自由解決。

　　色的問題既然委於個人自由解決，則個人當然須有解決的自由，這叫做自由戀愛。自由戀愛在古代是沒有的，因為自由二字乃是資本主義社會的產物。在資本主義社會以前，社會瀰漫著壓制束縛的空氣。人類在任何方面既然都受了束縛，當然不能同時解決。其解放的程序，由歐洲各國歷史看來，可以分做四期：第一期要求思想的自由，而表現為文藝復興；第二期要求信仰的自由，而表現為宗教改革；第三期要求經濟的自由，而表現為工業革命；第四期要求政治的自由，而表現為政治革命。不過這些自由，在名義上雖為人類所共有，而在實質上，則只是男人私有。婦女也是人類，她們要求自由，並不弱於男子。一方婦女要求自由之念甚切，同時他方她們竟不能享受自由的幸福，其結果，遂使婦女只能在服裝方面發揮自由。這便是婦女愛講「時髦」的原因。

　　在壓制束縛的社會之下，婦女最感覺苦痛的，則為強制婚姻。當時家族有二個目的：其一祭祀祖宗，其二維持財產。家族的意義既是這樣，則個人當然沒有獨立的人格，而只視為譜牒的一個階段。因此，婚姻不能聽人自由選擇，而為一種強制義務；即人們結婚非為自己而結婚，乃為家族而結婚。

既為家族而結婚，則選擇子女，當然須以家族的利益為第一標準，唯父兄之命是從，至於個人愛憎，絕對不生影響。

　　在強制婚姻之下，婦女的苦痛又比較男子為甚。因為男子對妻沒有愛情，尚可蓄妾宿妓，婦女對夫沒有愛情，則永久沒有辦法。萬一婦女於婚姻之外，別求愛情，那末，不但在道德上視為罪惡，並且在法律上亦視為犯罪。何以男女對於性的問題，這樣不平等呢？因為社會是男權的社會，財產是男人的財產，財產既屬於男人，則男人當然想把財產留給自己親生的兒孫，不願把財產留給別人的兒孫。由於這個觀念，遂使男人對於婦女，設法禁止其與別的男人發生性的關係。

　　在性的方面，男女的權利既不平等，其結果，男人不貞，遂視為當然的事，而婦女不貞即很危險。因為「淫為萬惡首」，婦女不貞，夫可同她離婚，然而離婚之後，誰人敢娶。反之，夫不同她離婚，亦可於「捉姦捉雙」的習慣法之下，殺死其妻。所以婦女與人通姦，無異於自戕生命。生命既甚危險，所以婦女又常拚其一命，殺死親夫。這便是潘金蓮毒鴆武大郎的原因。

　　據我之意，古代婦女所以毫無權利而只視為產兒的工具，乃是因為婦女在經濟上不能獨立。然自機器發明了之後，形勢已經變更。何以呢？由機器的採用，在勞動方面，人類的筋力已無必要。換言之，有了機器，便可雇用沒有筋力的勞動者，即雇用四肢較為柔弱的勞動者，由是女工的雇用，在機器發明之後，便成為一般的現象。從前深居於家族之內的婦女既然成為勞動者而參加生產，則直接受到影響的，自然

是家族的組織。從前的人只販賣自己的勞動力，現在他卻變成了奴隸商人，把自己的妻發售於工廠。從前做丈夫的必須扶養其妻，現在他卻成了使妻做工而剝削其剩餘價值的人。不過有了這個變化，婦女的地位反見提高起來。她們已經不是男子的寄生蟲，反而是男子的競爭者了。她們在經濟上已經能夠獨立，獲得與男子平等的地位了。男女的結合已經不像從前那樣的不平等的隸屬關係，而是對等者間的平等關係了。她們在經濟上的地位既然同男子一樣，能夠獨立，她們當然要求一切社會上的地位均與男子相同，由是婦女運動遂見發生，終而性的方面，也要求了戀愛的自由。

但是不管古代或現代，戀愛都以性慾衝動為原動力，而為男女的愛。即男的要擁抱女的，女的要擁抱男的，兩位一體，而後成立起來的。所以在戀愛的骨髓裡面，乃含有「私有權」觀念，只許自己占有對方，不許對方為別人所占有，因此之故，戀愛又常成為獨占的，排他的。他們倆只認對方是世上最有價值的人，好像世上除了他們兩人之外，都沒有價值。他們有時寧願逃入深山，作隱遁生活，不願棲在人世，看其他討厭的人。因此之故，戀愛又是孤獨的、厭人的。試看下等動物吧！牠們在交尾期，常常不和同類相處，同類稍來接近，牠們就露齒相待。由此可知戀愛絕對和博愛不同。戀愛不是博愛的基礎，反而是博愛的敵人。因為戀愛有這種性質，所以雙方都不許別人接近對方，也不許對方再愛別人。萬一情形不對，則最後只有發揮獸性，露齒相待，這是武大郎致死的原因。

奸夫淫婦，人人皆可執而殺之，這是古代的制度，與今

日之為親告罪者不同。唯在婚姻不自由的社會，像西門慶與潘金蓮之事又是免不了的，試看包公案、施公案吧！離奇的案件不是都由奸夫淫婦而發生麼？但是我們須知，婦女經濟不能獨立，又配不上談甚麼婚姻自由。出家後的娜拉，在經濟上能否獨立，我不能不代她關心。

快活林酒店的所有權問題

　　快活林酒店，果如武松所說，是施恩花錢開設的（第二十九回），則施恩當然有所有權。所有權受人侵害，照常理說，應該向官廳起訴。但是施恩竟然不用法律手續，而必等到武松來了之後，纔假藉武松的武力，把酒店奪回（第二十九回）。這樁事情，由現代人看來，真有一點莫名其妙。

　　其實，這座酒店乃和普通的酒店不同，他的生意不依靠於買賣，而依靠於壟斷，凡客人、妓女到快活林時，都須先來參見施恩，施恩則把他們分配給各客店、賭坊、兌坊，而各客店、賭坊、兌坊每月則須送錢給施恩，以作報酬（第二十八回）。試問這種古典的托拉斯是否依仗施恩的財力？不是，第一依仗施恩的武藝，第二依仗營裡有八九十個拚命囚徒（第二十八回）。換言之，托拉斯的基礎乃放在強力之上。既然依仗強力，則有一個更強的人來了，這座酒店當然非讓給他不可。

　　但是施恩乃是施管營的兒子，蔣門神何人？敢來強奪。

「不怕官，只怕管」為《水滸傳》諸好漢常說的話，難道蔣門神既不怕官，又不怕管？不，蔣門神背後也有一位官，那便是施管營的上司張團練（第二十八回及第二十九回）。施恩能夠依仗官勢，開設酒店，壟斷客人，則蔣門神有一個更大的官勢依仗，當然可以奪取酒店。

由於這個事實，我們可以知道所有權神聖的觀念，在古代完全沒有。誰有強力，誰便有財產。這裡所謂強力乃包括肉體力和政治力而言。施恩開設酒店，一半由於他的肉體力，一半由於施管營的政治力。蔣門神奪取酒店，也是一半由於他的肉體力，一半由於張團練的政治力。

原始的資本蓄積就是由此而產生的。依各國經濟史所示，在封建末期而至於資本主義初期，資本的蓄積依靠勤儉者少，依靠強力者多，誰有強力，誰便可取得資本。真命天子有最大的強力，所以他富有四海。看吧，武王伐紂，而即帝位之後，不是大封同姓諸侯，姬姓子弟若不狂惑，都可以成為領主，大的百里，中的七十里，小的五十里麼？在中國歷史上，最富的人不是王婆口中所說的鄧通麼（第二十三回）。然而鄧通的財富從何而來，不是漢文帝賜以蜀嚴道銅山，許其鑄錢麼？文帝說：「能富通者在我也」（《史記》卷一百二十五〈佞幸列傳〉）。不錯，皇帝有最大的強力，當然他所喜歡的人便可成為富豪。

所有權 (Dominium) 的觀念起源於羅馬法。羅馬的貴族乃以侵略為最高理想。羅馬每征服一地，就將該地宣布為殖民地，而貴族則在殖民地之上獲得了許多田園，以作私有地。這許多田園當然不是無主的土地，而是被征服者的土地。羅

馬帝國由劍戟而建設，同樣 Dominium 亦由劍戟而設定。所以在羅馬法，「劍戟乃是所有權的象徵」 (Das Symbol des Ergentums war Speer)。英語 Dominium 之涵義，一為權力，二為所有權。「所有權」由「權力」而發生，由此可以知道。

　　所有權既已設定之後，又受政治力的保護，而使事實上的權力關係變成法律上的權利關係。既然變成權利，經過數代之後，就漸次失去暴力的色彩，而帶有神聖的性質。誰敢侵犯這個權利，不但法律上要受刑罰，就是道德上也要受人毀罵。歐洲各國受了羅馬法的影響，學者均視所有權為神聖不可侵犯的權利。馬凱維尼 (N. Machiavelli) 主張君主專制，甚至於謂君主可以不講信誼，而使用一切奸謀詭計；但他又說：「君主絕不可侵害人民的財產。人們死了父親，不久就會忘記；失掉財產，終身不忘。」布丹 (J. Bodin) 以主權屬於君主，君主既有主權，所以不受法律限制，不但自己公布的法律，便是教皇制定的法律，也無妨束之高閣。但他又謂君主的權力應受自然法的拘束，例如個人的財產權是根據自然法而設置的，所以非經人民同意，不得徵收租稅。學說如斯，其表現於法律之上者，例如英國的〈大憲章〉第二十八條及第三十條既禁止官吏強取人民的糧食、器具、馬匹、車輛了，而第三十九條又說：「自由民除非領主依法審判，並遵照法律規定之外，不得沒收其財產。」美國的〈獨立宣言〉雖然只云：「生命，自由及追求幸福乃上帝給予吾人的權利，不可讓與。人類設置政府的目的，就是要保護這種權利」，而未曾明白提出「財產」及「所有權」的觀念。然獨立時代各邦所發表的權利宣言 (Declaration of Rights) 或權利典章 (Bill of

Rights) 無不宣布財產及所有權為神聖的權利，不可侵犯。例如一七七七年 Vermont 的〈權利典章〉第二條云：「私有財產唯於必要之時，才得供為公共之用；而供為公共之用之時，對於所有主，必須給與以賠償金。」一七八〇年 Massachusetts 的〈權利宣言〉第十條亦說：「個人的財產非經本人同意，或經人民代表同意，縱是極小部分，亦不得侵害之，或供為公共之用……若因公共需要而須徵收私人財產之時，對於所有主，應給予賠償。」法國的〈人權宣言〉第十七條云：「所有權為神聖不可侵犯的權利，非依法律，且係公共利益所要求，並給予以適當賠償者，不得侵害之。」自是而後，一直至一九一八年德國公布《威瑪憲法》之時為止，列國憲法均有保障所有權的條文。這種條文不是對人民保護個人的所有權，而是對政府保護人民的所有權。政府不得侵害人民的所有權，所以產業能夠發達，社會能夠進步。

反之，吾國古代以國家為皇帝的私產，「普天之下莫非王土，率土之濱莫非王臣」，土地屬於皇帝，土地之上的人民也屬於皇帝，因之人民勞動所得的結果遂亦屬於皇帝。皇帝侵害人民的所有權，道德上雖為虐政，法律上無須負責。固然各朝律令也有保護人民財產的條文，然其所保護者乃是禁止個人侵害個人的財產，不是禁止政府侵害人民的財產。換言之，人民對於政府不能主張權利，政府要怎麼樣，人民就須怎麼樣。宋時，「徽宗頗垂意花石……政和中……舳艫相接于淮汴，號花石綱……朱緬擢至防禦使東南部刺史……所貢物豪奪漁取於民，毛髮不少償。士民家一石一木，稍堪翫，即領健卒直入其家，用黃封表識，未即取，使護視之，微不謹，

即被以大不恭罪。及發行，必徹屋抉牆以出，人不幸有一物小異，共指為不祥，唯恐芟夷之不速」。同時在學說之上又有「為富不仁，為仁不富」之言。這固然因為古代官僚往往利用「政治的手段」，刮索民膏，而致引起社會對於財富的反感。然而既有斯言，則人們唯勤唯儉，由自己勞力，正當獲得的財富，遂亦掛上了不仁之名。白圭「薄飲食，忍嗜欲，節衣服，與用事僮僕同苦樂」。勤苦如此，倘若斥之為不仁，那末，何怪陶朱「十九年之中，三致千金，再分散與貧交疏昆弟」，以博取「富好行其德」之名。一方法律上政府不尊重個人的所有權，他方觀念上社會又認財富為不仁的結果。財產不安定，資本無法蓄積，從而各種產業就不能作「擴張再生產」。生產規模一仍舊貫，而人口增加不已，社會消費力超過於社會生產力，貧窮成為普遍的現象。這個時候，若再加之以師旅，因之以饑饉，則人民受了生活壓迫，勢必相聚崔蒲，蝟毛而起，大則稱帝稱王，小則攻城剽邑，而天下遂大亂了。

　　好了，好了，中外的典故不必再引了。說來說去，不過證明快活林酒店的所有權，由於施恩的先占應該屬於施恩罷了，蔣門神倚勢豪強，公然奪去，施恩不向官廳起訴，這不是證明中國古來重王道，輕霸道，凡用強力得來的東西，都不受法律保護麼？不是，絕對不是。羅馬立國，約有一千餘年，歷史既長，貴族的 Dominium 當然失去劫掠的性質，而變成法律上的權利。反之，中國則朝代變更，不絕於史。周代傳祚雖長，然而又因為實行農奴制度，農人對於土地，只有使用權，沒有所有權，至於大地主的諸侯又復兼併不已。

他們的財產顯然有劫掠的色彩，所以不會發生神聖的觀念。
周亡之後，中國雖然破壞了農奴制度，許農民有土地所有權，
然而內亂不已，朝代常常變更，農民或死於兵災，或失去田
契。所有主既然時時變更，而一般皇朝新貴又往往恃其功勞，
橫奪民產，則保護所有權的法律，當然也沒有發達的機會。
宋承五代之後，五代大亂歷半世紀，當時官吏怎樣劫奪財富，
只看下面所引的文字，便可知道。

　　五代之亂，朝廷威令不行，藩帥劫財之風，甚於盜賊，
　　強奪枉殺，無復人理。李匡儔為晉軍所敗，遁滄州，
　　隨行輜重妓妾奴僕甚眾，滄帥盧彥威殺之於景州，盡
　　取其貲（〈晉紀〉）。張筠代康懷英為永平節度使，懷英
　　死，筠即掠其家貲，有侯莫陳威者，嘗與溫韜發唐諸
　　陵，多得珍寶，筠又殺威而取之。筠弟籛守京兆，值
　　魏王繼岌滅蜀歸，而明宗兵起，籛即斷咸陽橋，繼岌
　　不得還，自縊死，遂悉取其行橐。先是王衍自蜀入京，
　　莊宗遣宦者向延嗣殺之於途，延嗣盡得衍貲，至是明
　　宗即位，誅宦者，延嗣亡命，籛又盡得他貲，由是筠
　　籛兄弟皆擁貲鉅萬（〈筠傳〉）。馬全節敗南唐將史承
　　裕，擒以獻闕下，承裕曰：吾掠城中，所得百萬，將
　　軍取之矣，吾見天子，必訴而後就刑，全節懼，遂殺
　　之（〈全節傳〉）。高允權為延州令，其妻劉景巖孫女
　　也，景巖家於延，良田甲第甚富，允權心利之，乃誣
　　景巖反而殺之（〈允權傳〉）。李金全討安州，至則亂首
　　王暉已伏誅，金全聞其黨武彥和等為亂，時劫貲無算，

乃又殺而奪之（〈金全傳〉）。張彥澤降契丹，奉德光命，先入京，乃縱軍大掠，又縊死孫維翰，悉取其貲（〈彥澤傳〉）。成德節度使董溫為契丹所擄，其牙將祕瓊殺其家而取其貲，瓊為齊州防禦使，道出於魏，范延光伏兵殺之，以戍卒誤殺聞，後延光叛而又降，挈其帑歸河陽，楊榮遠使子承勳推之墮水死，盡取其貲（〈延光傳〉）。楊光遠後亦叛而復降，其故吏悉取其實貨名姬善馬，獻李貞（〈光遠傳〉）。歐史謂瓊殺溫，共取其貲，延光殺瓊而取之，延光又以資為光遠所殺，而光遠亦不能有也，可見天道報施，雖亂世亦不爽，且多財為害，亂世尤易召禍，白再榮在鎮州劫奪，至契丹之官吏，鎮人謂之白麻答，反歸京師，遇周祖兵入，軍士至其家，悉取其財，已而前啟曰：我輩嘗事公，一旦無禮至此，何面目見公乎，乃斬之而去（〈再榮傳〉）。則以人事言之，非分取財，更殺身之道也。
（趙翼撰《廿二史劄記》卷二十二〈五代藩帥劫財之習〉）

宋承五代之後，人們天天所看見的，只是劫掠與奪取，所以施恩強占快活林，蔣門神奪取快活林，時人並不奇怪。

讀過民法的人當能知道「占有」須有兩種要素：一是心的要素 (Animns)，即占有的意思；二是物的要素 (Corpus)，即占有的實力。有占有的意思和實力，而占有之後，又經過一定期間，則該物便成為占有者的所有物──紀元四八五年，魏李安世上疏求均田，且說：「又所爭之田，宜限年斷，事久

難明，悉歸今主，以絕詐妄。」這就是說凡用強力所奪的田，經過一定期間之後，悉歸現所有主。在這裡，「經過一定期間」，值得我們注意。區區一件東西，占有尚須經過一定期間，而後才有所有權，則以天下之大，當然非占有百餘年不可。唐奪隋的天下，宋奪周的天下，讀史者不以為怪，而王莽奪取西漢、曹操奪取東漢，竟被後人唾罵，就是因為唐宋二代傳祚數百年，而王莽不及身而亡，曹魏雖然傳祚五世，然僅四十六年而亡，並且又只能占據北方數州，即其實力尚不能占有天下，所以只能視為篡奪。所謂「正統」和「篡奪」只是法律上的名詞，不是道德上的名詞，只惟利用物權法上的法律觀念，加以解釋，而後纔能夠說明出來。由此可知朝代更迭愈頻繁，天下是誰的天下，即誰人對於天下有所有權，愈不明瞭，所以當時的人常缺乏「忠」的觀念。唐亡之後五代僅五十三年，而五易國，八易姓，有十三君，傳祚這樣短促，所以馮道歷事五朝八姓十一君，時人不但不以為異，且稱之為寬弘長者。這不是因為士風凋敝，不知節義為何物，乃是因為朝代短促，任誰對於天下，都不能因占有而有所有權，故人也沒有尊重所有權的必要，從而更沒有「忠」的必要。

　　資本的蓄積乃是經濟繁榮的條件。在歐洲，由重農，而重商，而資本主義，在中國經濟組織數千年來，一仍舊貫。這是為甚麼呢？歐洲在重商主義末期，發生了大發現時代，發現美洲，發現印度航線，市場擴大了，紡織品的輸出大大增加了，需要超過於供給，有大量生產的必要，自一七三〇年 Wyatt 發明 Roller Spinning 之後，紡織方面陸續有新機器

的發明，一直到了一七八一年，瓦特又發明蒸氣機，而於一七八五年應用於紡織工業之上，而開始「蒸氣時代」。由於蒸氣機器之應用，紡織方面又有新的發明，而至於一八四一年Bullough 發明 Improved Power Loom 為止。案機器的發明乃由於社會的需要，沒有需要，縱有發明，人們不但不採用，而且視之為異端。一五二九年 Anton Mürler 已經發明紡織機，只因當時手工紡織已可供給社會的需要，所以世人群起攻擊 Mürler，而 Mürler 竟因是而死於刑獄。吾國古代雖然侵服四夷，而四夷盡是遊牧民族，他們不需要中國生產物，尤其紡織品，即如中行說（姓中行，名說）所說：「匈奴得漢絮繒，以馳草棘中，衣袴皆裂弊，以視不如游裘堅善也」（《漢書》卷九十四上〈匈奴傳〉）。而中國自古以來，商業發達之後，常常依著「以末得之，以本守之」的原則，向農村兼併土地，農民驅出農村之外，淪為流民，勞動力遂感覺過剩。社會已貧窮了，消費力已經減低，勞動力又復過剩，倘若採用機器，則過剩的勞動力更沒有工作的機會，所以禮有「作奇技奇器以疑眾，殺」（《禮記‧王制》）。諸葛亮發明木牛流馬以運糧，乃因蜀國人口不過九十餘萬（《通典》卷七〈歷代盛衰戶口〉）之故。

　　在中國，資本的蓄積不能由封建的農業經濟發展為資本主義的工業經濟，貧窮日益增加，生產日益減少，於是中國遂以節儉為一種最高的道德原理，不但聖賢教人節儉，就是皇帝也以節儉治天下。這種情形若和歐洲封建末期的各國王室崇尚奢侈比較一下，實有天壤之別。當然他們的奢侈生活也有特別的用意，封建末期正是資本主義方才萌芽，封建諸

侯將次沒落的時代，而貴族的奢侈則對於產業發展和中央集權都有利益。何以呢？貴族奢侈，不但可以增加商業的利潤，並且可使貴族破產，使他們在經濟上，隸屬於國王的財政和商人的借債。因此，當時商人和國王無不極力鼓吹奢侈，有時且示以實例。這樣一來，在第十五世紀時代，遂發生了一種現象，即宮廷若不奢侈，則君主的統治不能維持。無限的奢侈必要求無限的金錢，到了最後，君主自己的財政也發生了破綻，須向商人求助，於是商人遂以納稅問題，與君主衝突，終則設置議會，監督君主的財政，這便是代議制度發生的原因。我說這話，不是要說明民主政治與奢侈的關係，乃是要說明歐洲和中國雖然都有資本的蓄積，然而在歐洲，資本的蓄積能夠促進資本主義的發展，所以不怕奢侈，反之，在中國，資本的蓄積只能剝削農村，而減少消費力，致資本主義無從產生，所以不能不崇尚節儉。

在資本主義尚未發生以前，要想儲財，須用殘酷的方法，其最有力的，則為政治的剝削和高利貸的刮索。這種情形當然可以引起人們反感，終而嫉視儲財本身。「為富不仁，為仁不富」為中國古代的名訓。這個名訓的確不錯。到了資本主義發生之後，儲財纔失去赤裸裸的殘酷的色彩，而視為勤儉所致。「原始的資本蓄積」這句話，由資本主義高度發達的歐洲人看來，或者莫名其妙，而由我們中國人看來，則史上有不少的例子可以證明。看吧！施恩用武力開設酒店，蔣門神用武力奪取酒店，這便是「原始的資本蓄積」的實例。

九天玄女與三卷天書的來源

　　「一治一亂」是中國的社會史,「合久必分,分久必合」是中國的政治史。

　　中國的經濟以農業為主,手工業副之,數千年來,技術未曾改良,然而人口是會增加的,收穫是會遞減的,所以數傳之後,消費力就超過於生產力,引起物價尤其米價的騰貴,致全國陷入饑荒之中,初則土匪逼地,次則群雄割據,終則政權顛覆。

　　秦承六國之後,當時戶口並不甚多,只因始皇虐用其民,致令「海內之士,力耕不足糧饟,女子紡織不足衣食」。「三十一年米石千六百」,這比之戰國李悝所言,「石三十」,昂貴多了。管子有言:

　　　　凡治國之道必先富民,民富則易治也,民貧則難治也。
　　　　奚以知其然耶,民富則安鄉重家;安鄉重家,則敬上
　　　　畏罪;敬上畏罪,則易治也。民貧則危鄉輕家;危鄉

輕家，則敢陵上犯禁；陵上犯禁，則難治也。故治國常富，而亂國常貧，善為國者必先富民，然後治之。（《管子》第四十八篇〈治國〉）

果然，「民愁無聊，亡逃山林，轉為盜賊」。而始皇一死，天下就隨著大亂。漢興，依黃老主義，予民休息，宣帝時代，穀石五錢。承平日久，平帝之時，全國人口增加至五千九百五十九萬餘（《漢書》卷二十八下之二〈地理志〉）。元帝時代，「京師穀石二百餘，邊郡四百，關東五百，四方飢饉」，所以元帝時代，「民父子相棄」，成帝時代，「百姓飢餓，流離道路」，哀帝時代，「民流亡去城郭，盜賊並起」，王莽遂乘社會搖動之際，竊取帝位。然王莽改革又不得法，最初穀價一石二千，末年黃金一斤易粟二斛，「四方皆以飢寒窮愁，起為盜賊」，光武中興，桓帝時，人口有五千六百餘萬（《晉書》卷十四〈地理志上〉），然自安帝時始，已經「天下饑荒，競為盜賊」了。黃巾大亂，群雄爭競，最後分為三國。晉於太康元年平吳，人口不過一千六百餘萬（《晉書》卷十四〈地理志上〉），比之兩漢，相差遠了。然而惠帝即位，由於八王之亂，民不安居，「米石萬錢」，懷帝時，「米斛萬餘價」，愍帝時，「斗米二金」。大眾受了貧窮的壓迫，只有流移就穀，開始逃亡，卒由流民作亂，引起五胡亂華，而晉室只能偏安江左。晉亡之後，中國分為南北朝，南北政局均不安定，百姓多投附豪族，求其蔭庇，或投身軍隊，以求衣食，所以南北朝政治雖然腐化，卻罕見暴民作亂，而只見軍閥火併。隋興，雖然結束了南北對峙之局，煬帝大業五年，人口有四千六百

餘萬，比之兩漢，不能謂多，只因「驕怒之兵屢動，土木之功不息」。「勞役不息，百姓思亂」，而又加之以饑饉，百姓「由是益困，初皆剝樹皮以食之，漸及於葉皮，葉皆盡，乃煮土或搗藁為末而食之，其後人乃相食」（《隋書》卷二十四〈食貨志〉），所以李勣才說：「天下之亂本於飢。」隋亡之後，李唐代興，在其全盛時代，天寶十三載，人口共五千二百八十八萬（《唐會要》卷八十四〈戶口數〉），翌年，安祿山反於范陽。在其未反以前，即天寶五載，米斗之價錢十三，青齊間斗才三錢，安史亂後，繼以軍閥爭奪地盤，民不安居，米價竟然踊躍起來，肅宗乾元二年，米斗至七千，代宗永泰元年，米斗千錢，諸穀皆貴，一直到了懿宗，「奢侈日甚，用兵不息，賦斂愈急，關東連年水旱，百姓流殍，相聚為盜，所在蜂起」，僖宗即位，「乾符中，仍歲凶荒，人饑為盜」，由是先由王仙芝發難，「黃巢亦聚眾數千人，以應王仙芝，民之困於重斂者爭歸之」。中和四年黃巢兵敗伏誅，而秦宗權之亂又復發生。一般農民不能安居，只有離開農村，由是生產力大見銳減，「米斗三十千，人相食」，「食物踊貴，道殣相望，飢骸蔽地」。三年，那稱為「揚一益二」的揚州，米斗萬金。所以鄭畋說：「黃巢之亂本於饑，故興江淮，根蔓天下。」天下紛亂，大眾失業，軍閥遂收之以為私兵，終由方鎮火併之亂，而令黃巢部下的朱全忠竊取了帝位。

　　五代之世，政局變化有似弈棋，經後周世宗的改革，中國又有統一與和平的希望了，世宗即位，不過五年。陳橋兵變，宋太祖入踐帝位，太宗繼之，經兩代的努力，天下才歸統一。然真宗以後，太平日久，耽於苟安，政風士氣多務因

循。太宗時，「人稀米賤，米一斗十餘錢，其後人益眾，物益貴。熙寧八年，米斗五十錢」，而幣制混亂，北宋徽宗時已有方臘之亂。南宋時，「氣象蕭條，殍死盈道，流民充斥，剽掠成風」，終至亡於蒙古。元代，在世祖忽必烈時代，人口有五千三百六十五萬餘，雖比兩漢為少，而比唐代至盛之世為多，只因賦斂繁重，民不聊生。又因元代不用錢幣，而用交鈔，庫中沒有本錢，交鈔不斷濫發，而亦不斷跌價。泰定帝時，「斗米值十三緡，民出鈔出糴，稍昏，即不用」。通貨膨脹之弊，可怕極了。傳至順帝，年年饑荒，甚至發生「人相食」，「殍死盈道，軍士掠孱弱者以為食」的現象。於是遂激起了民變，九土靡沸，卒至順帝北歸和林，元祚隨之而亡。

　　元亡，明興，明在成祖時代，全國人口有六千六百五十九萬餘，其後時有增減，亦常在五千萬以上。明代每帝即位，常鑄錢幣，然「商賈沿元之舊習，用鈔，多不便用錢」。又因鈔法紛亂，嘉靖年間，「鈔久不行，錢亦大壅，益專用銀矣」。明之米價若以銀為標準，永樂年間，「每銀一兩當米四石」。景泰中，「糧四石折白銀一兩」。即一兩四石乃是明代的正常米價，正德以後，米價漸貴，米石值銀一兩，即增加四倍，後又增至十之五。崇禎四年，米斗四錢，即一石值銀四兩，比之永樂景泰年間，米價已增高到十六倍了。中年以後，「山東米石二十兩，而河南乃至百五十兩」。貧窮已經普遍化了，於是明代遂同過去朝代一樣，發生了許多流寇，最後就有馬賊高迎祥之亂，「官軍東西奔擊，賊或降或死，旋滅旋熾」。官軍難於應付，米脂人李自成、延安人張獻忠亦聚眾反，時「河南大旱，斛穀萬錢，饑民從自成者數萬」。自成剽掠十餘

年，田園破壞，大眾失業，朝廷為了討伐盜匪，不能不集兵增賦，崇禎曾言：「不集兵，無以平寇，不增賦，無以餉兵」，然其結果，「敲扑日峻，道路吞聲，民至賣妻鬻子以應」，弄到「兵聞賊而逃，民聞賊而喜」。自成遂犯燕京，崇禎登煤山，自縊而死，明亡。

　　吾人觀過去歷史，可知中國之亂皆源於饑饉，而引起流民暴動。然在流民暴動之時，不能不有一種信仰，以結合人心，並使人民發生勇氣，知政府之必覆亡，這樣，又發生了宗教。在吾國，政府是反宗教的，南北朝時代，帝王所以信服佛教，乃是因為佛教以涅槃為其根本目的，而涅槃則要脫離塵世，這與政治之注重現世者不相牴觸。

　　現在再舉歷史為例，證明宗教與民變的關係。秦承六國大亂之後，天下平定，理應予民休息，而始皇乃外事四夷，內興土木，「民愁無聊，亡逃山林，轉為盜賊，赭衣半道，斷獄歲以千萬計」，人心思亂，理之當然。但是始皇雖為暴君，而仍不失為一位英主，其專制魔力確能壓服了民眾的靈魂，使他們不敢反抗。人民悲觀之極，竟然失去膽量，失去自信力，自視為軟弱無能的動物。他們只希望有個萬能的神出來拯救他們。而拯救的方法則為秦亡或始皇死。所以始皇末年社會上乃傳播秦亡或始皇死的圖讖。此蓋人心思亂，故乃假託神怪，以惑亂人心。

　　　　三十二年燕人盧生使入海還，以鬼神事，因秦錄圖書
　　　　曰亡秦者胡也。（《史記》卷六〈秦始皇本紀〉）
　　　　三十六年有墜星下東郡，至地為石，黔首或刻其石曰

始皇帝死而地分。（同上）

三十六年使者從關東夜過華陰平舒道，有人持璧遮使
者曰，為吾遺滈池君，因言曰今年祖龍死。使者問其
故，因忽不見，置其璧去。使者奉璧具以聞，……始
皇使御府視璧，乃二十八年行渡江所沉璧也。（同上）

　　三十七年七月始皇果然死於沙丘了；而繼統的二世又復
庸懦。庸懦的人終日都在恐怖之中，他要避免恐怖，每欲示
強，不願見弱於人，由是又襲始皇的作風，做出種種不正當
的行為，先殺大臣與宗室，次殺無辜的人民。人民失望，遂
由戍卒陳勝、吳廣的起義，用罩魚狐鳴之法，以鼓勵戍卒的
勇氣，天下莫不響應，「縣殺其令丞，郡殺其守尉」，而秦祚
因之而亡。果然是「亡秦者胡也」，但不是亡於匈奴之「胡」，
而是亡於胡亥之「胡」。秦亡漢興，社會安定約有一百餘年，
賈誼曾謂「民不足而可治者，自古及今，未之聞也」。晁錯亦
說：

民貧則姦邪生，貧生於不足，不足生於不農，不農則
不地著，不地著則離鄉輕家，民如鳥獸，雖有高城深
池，嚴法重刑，猶不能禁也……夫腹飢不得食，膚寒
不得衣，雖慈母不能保其子，君安能以有其民哉。

民如鳥獸流散四方，他們流亡之後，如何生活呢？只有變為
盜匪，而盜匪發生之後，其最先劫掠的，往往不是城市中的
豪富，而是鄉村中的殷農。殷農既遭劫掠，於是流民又將流

民「再生產」出來了。成帝時代已有小股小寇。哀帝時代，「盜賊並起，或攻官寺，殺長吏」。人心動搖，仍用宗教集團的形式，而思有所動作。

> 哀帝建平四年春大旱，關東民傳行西王母籌，經歷郡國，西入關，至京師，民又會聚祠西王母，或夜持火上屋，擊鼓號呼相驚恐。(《漢書》卷十一〈哀帝紀〉)

同時又發生許多圖讖，宣告漢運將終，新朝當起。

> 哀帝建平二年夏賀良等言赤精子之讖，漢家歷運中衰，當再受命，宜改元易號，詔……以建平二年為太初元將元年，號曰陳聖劉太平皇帝。(《漢書》卷十一〈哀帝紀〉)

王莽遂乘人心浮動之際，造作符命，奪取漢的天下。然而王莽的改革又不妥當，「富者不能自保，貧者無以自存」。兼以「常困枯旱，亡有平歲，穀價翔貴」，人心思漢，終而有「劉氏復起」及「黃牛白腹，五銖當復」之圖讖，而令光武中興了漢家天下。

　　光武中興，經過數代之後，政治漸次腐化，而如王符所說：「官益大者罪益重，位益高者罪益深」(《潛夫論》第九篇〈本政〉)，而諸羌作亂，「大為民害，中國益發甲卒，麥多委棄，但有婦女穫刈之也」。農村勞動力減少，農業生產力降低，因之糧食就發生了問題，社會經濟已經步步踏上崩潰之

途，由是由穿窬變為強盜，由強盜變為攻盜，攻盜成群，其聲勢最大者則為黃巾賊張角，他「奉事黃老道，符水呪說以療病，病者頗愈，百姓信向之」。黃巾發難，「執老道，稱大賢，以誑惑百姓，天下纏負歸之」，雖然一年之內，就見平定，然黃巾之後，復有黑山、黃龍、白波、左校……之徒，並起山谷間，天下為之疲敝，「百姓歌曰天下大亂兮，市為墟，母不保子兮，妻失夫」。此時也，宦官與外戚的鬥爭到了最後階段，固然兩敗俱傷，而涼州軍閥董卓乃擁兵而入，封豕長蛇，憑陵宮闕，遂成板蕩之禍，東漢政權完全崩潰，州郡牧守各務兼併，於是統一局面又告結束，代之而出現的則為三國的分立。

由三國經晉而至南北朝，爭亂不已，貧窮日益增加，官僚日益剝削，國家日益危殆，蠻族日益壓迫，這種情形當然可使許多人悲觀。人們討厭現在，而回想過去，且認過去為黃金時代，明清的人回想漢唐，漢唐的人回想殷周，殷周的人回想唐虞，愈是過去，他們愈覺得可愛，最好是回歸到洪荒時代，所以春秋末季，雖然有不少學者為了悲天憫人，提出各種學說，拯救人類。然而他們無不選擇一位過去的偉人，來做他們的護神，道家假託黃帝，儒家假託堯舜，許行假託神農，這種情形表示甚麼呢？表示人類失去信心，自己不能拯救自己，所以希望過去偉人再生於現代，Messiah 的觀念不是猶太人才有的。到了魏晉以後，連這種觀念都沒有了。人們鄙視人生，甚且渴望死亡，他們失去膽量，自視為軟弱無能的動物。他們希望有萬能的神出來拯救他們。然而一切宗教不外地上權力反映於人類的腦袋，由幻想作用而創造出

來的東西。他們的國家不能拯救他們，他們的皇帝不能拯救
他們，他們的學者不能拯救他們。總而言之，他們固有的天
上權力對於他們都無辦法，因之，他們固有的天上權力——
神，也不能受到他們的崇拜，甚至懷疑自己的神。他們很歡
迎那個為外國人崇拜而未為本國人崇拜過的神。中國經五胡
亂華之後，舶來的佛教就在南北朝流行，不是沒有原因的。
然而南北朝大亂垂一百五十年之久，而佛教竟如「銀樣蠟槍
頭」。人們絕望之餘，又希望一個特別的神出來拯救。由於這
種希望，在北魏後期，就有「將來有彌勒佛方繼釋迦佛而降
世」之言。

　　隋文肇興，結束了南北朝紛亂之局。煬帝即位，虐用其
民，群盜蜂起，群盜是用彌勒佛的名義，以誘惑百姓的。

> 大業六年正月，有盜數十人，皆素冠練衣，焚香持華，
> 自稱彌勒佛，入自建國門，監門者皆稽首，既而奪衛
> 士仗，將為亂，齊王暕遇而斬之，於是都下大索，與
> 相連坐者千餘家。

據胡三省解釋：「釋氏之說，以為釋迦佛衰謝，彌勒佛出世，
故盜稱之以為姦」（《資治通鑑》卷一百八十一〈隋紀〉煬帝
大業六年胡三省注）。彌勒代替釋迦，天上權威變更了，地上
皇朝自宜改換，「群盜為姦，遂皆以彌勒為幌」。

> 唐縣人宋子賢善幻術，能變佛形，自稱彌勒出世，遠
> 近信惑，遂謀因無遮大會舉兵襲乘輿，事泄伏誅，並

誅黨與千餘家。扶風桑門向海明亦自稱彌勒出世，人
有歸心者輒獲吉夢，由是三輔人翕然奉之，因舉兵反，
眾至數萬。海明自稱皇帝，改元白烏，詔太卿僕楊義
臣擊破之。

　　隋亡，唐興，唐代之亂，在內由於宦官弄權，在外由於
方鎮跋扈，雖有王仙芝、黃巢之亂，但是他們兩人未曾假託
迷信，而均指斥時弊。王仙芝「言吏貪沓，賦重，賞罰不
平」。黃巢「訴宦豎柄朝，垢蠹紀綱，指諸臣與中人賂遺交構
狀，銓貢失才」，此皆「當時極敝」，所以「人士從而附之」。

　　五代之亂遠過於南北朝，南北朝時，南北分立，南北雙
方均有統一的政權。五代之世，北方雖然統一，南方則分為
許多國家，而北方的統一又不鞏固，區區七十餘年之中，易
朝五次，到了後周，官民俱憊，民憊思治，官憊不能再亂。
一方思治，他方不能再亂，因之，亂源的宗教就無法號召貧
民，而不出現於歷史之上。宋興，外受蠻族的壓迫，內有朋
黨的鬥爭，傳至徽宗，垂意花石，「比屋致怨」，方臘「因民
不忍」，宣和二年起為亂，「無弓矢介冑，唯以鬼神詭祕事相
扇訹」，不旬日聚眾至數萬，竟破六州五十二縣，戕平民二百
萬，「凡得官吏，必斷臠支體，探其肺腸，或熬以膏油，叢鏑
亂射，備盡楚毒，以償怨心」（《宋史》卷四百六十八〈方臘
傳〉），是亦利用宗教，以誘惑民心。南宋偏安江南，固然政
治腐化，經濟破產，只因當時人士深鑑唐末五代之弊，而北
宋方臘之亂，又促成金之南侵，人民為了對付金人，遂忍辱
含垢，不作革命運動。

　　宋亡，元興，順帝至元三年胡國兒反，以燒香惑眾，妄造妖言作亂，人執彌勒小旗（《元史》卷三十九〈惠宗紀〉），至正十一年韓山童倡言天下大亂，彌勒下生，各地愚民皆翕然信之，是亦假彌勒佛之名，號召民眾。

　　明代自憲宗以後，天子深居宮中，不與朝臣相見，因之，就令閹人有弄權的機會，嘉靖年間，山西賊李福達以彌勒教誘惑愚民為亂。天啟年間，徐鴻儒以白蓮教惑眾作亂，其徒黨不下二百萬。此又可以證明歷代亂民無不利用宗教。清代嘉慶年間有白蓮教之亂，天理教之亂。同治年間又有捻匪之亂。此外如太平天國亦利用天父之名，義和團復謂符呪可以避免槍礮。宗教之在中國，不能安定社會，反而供為暴民作亂的工具，此蓋古代沒有一種主義，以結合人心，而社會又是農業社會，農民散處各地，不易團結，非用迷信之法，固不能糾合群眾，這就是《水滸傳》上九天玄女與三卷天書的來源。

　　但是宗教只能擾亂天下，要令社會復歸於安定，尚需要一位卓越的領袖，好像《西遊記》上孫悟空要求觀世音菩薩援助一樣。這個觀世音菩薩在中國政治史之上，就是「真命天子」的觀念，真命天子的誕生，狀貌是異於常人，而又有許多奇蹟，即人們把「神」的性質加在人的身上，其人就變成真命天子。其實，真命天子的「神」性是由一般人民的「羊」性而發生。現在試將正史上關於歷代太祖高皇帝的神話，列表如次，以供讀者參考。

歷代創業之主神話表

朝代	皇帝	誕生	狀貌	奇蹟	備考
前漢	高祖劉邦	母劉媼嘗息大澤之陂，夢與神遇，是時雷電晦冥，太公往視，時見交龍於其上，已而有身，遂產高祖。	為人隆準而龍顏，美須髯，左股有七十二黑子。	常從王媼、武負貰酒，醉臥，武負、王媼見其上常有龍，怪之。高祖以亭長為縣送徒酈山，到豐西澤中，高祖被酒，夜徑澤中，前有大蛇當徑，人問何哭，有一老嫗夜哭，嫗曰吾子白帝子也，化為蛇，當道，今為赤帝子斬之，故哭。人乃以嫗為不誠，欲笞之，嫗因忽不見。高祖隱於芒碭山澤岩石之間，呂后與人俱求，呂后輒得之，高祖怪問之，呂后曰季所居，上常有雲氣，故從往，常得季。	《史記》卷八〈高祖本紀〉，參閱《漢書》卷一上〈高帝紀〉。
後漢	光武帝劉秀		身長九尺三寸，美須眉，大口龍準日角。	宛人李通等以圖讖說光武云：劉氏復起，李氏為輔。王莽末，光武嘗與兄伯升及鄧晨等俱之宛，與舂陵人蔡少公等讌語，少公頗學圖讖，言劉秀當為天子。或曰是國師公劉秀乎。光武當為天子。	《後漢書》卷一上〈光武帝紀〉，卷四十五〈鄧晨傳〉。

朝代		帝王	相貌	軼事	出處
三國	魏	武帝曹操	帝生時有雲氣青色，而圜如車蓋，當其上。終日。望氣者以為至貴之氣，非人臣之證。	武戲曰何用知非僕耶。坐者皆大笑。	曹操未即帝位，終身稱臣。
		文帝曹丕		初漢熹平五年黃龍見譙（丕生於譙），光祿大夫橋玄同太史令單颺占曰，此何祥也。其國後當有王者興。	《魏志》卷二〈文帝紀〉及注引《魏書》。
	蜀	昭烈帝劉備	身長七尺五寸，垂手下膝，顧自見其耳。	舍東南有桑樹，生高五丈餘，如小車蓋，往來者皆謂此樹非凡，或謂當出貴人。先主少時與宗中諸小兒於樹下戲，言吾必乘此羽葆蓋車。叔父子敬謂曰，汝勿妄語，滅吾門也。	《蜀志》卷二〈先主傳〉。
	吳	大帝孫權	方頤大口，目有精光。		《吳志》卷二〈孫權傳〉。
	晉	宣帝司馬懿	魏武聞帝有狼顧相，欲驗之，乃召使前行，命反顧，面正向後，而身不動。	魏武嘗夢三馬同食一槽，甚惡焉，因謂太子丕曰，司馬懿非人臣也，必預汝家事。	《晉書》卷一〈宣帝紀〉，司馬懿未即帝位，因司馬懿之肇基得天下，故述於懿。

南北朝 南朝		皇帝	出生／夢兆	外貌	事蹟	出處
		武帝 司馬炎		髮委地，手過膝，非人臣之相。	……之。	《晉書》卷三〈武帝紀〉。
	宋	武帝 劉裕	帝以三月壬寅夜生，神光照室盡明，是夕甘露降於墓樹。	身長七尺六寸，風骨奇偉。	嘗遊京口竹林寺，獨臥講堂前，上有五色龍章，眾僧見之，驚以白帝，帝獨喜曰上人無妄言，行止時，見二小龍附翼，及貴，龍形更大，帝素貧，嘗於新洲伐荻，見大蛇長數丈，射之，傷。明日復至洲裡，聞有杵臼聲，往覘之，見童子數人皆青衣，於榛中擣藥，問其故，答曰我王為劉寄奴所射，合散傅之，帝曰王神何不殺之，答曰劉寄奴王者不死，不可殺，帝叱之皆散。	《南史》卷一〈宋武帝紀〉。
	齊	高帝 蕭道成		姿表英異，龍顙鍾聲，長七尺五寸，鱗文遍體。	舊宅在武進縣，宅南有一桑樹，擢本三丈，橫生四枝，狀似華蓋，好年數歲，好戲其下，從兄敬宗曰此樹為汝生也。	《南史》卷四〈齊高帝紀〉。
	梁	武帝 蕭衍	皇妣張氏嘗夢抱日，已而有娠，遂產蕉帝。	狀貌殊特，日角龍顏，重岳虎顧，舌文八……	所居室中，常若雲氣，人或遇者，體輒肅然。	《南史》卷六〈梁武帝紀〉。

朝代	帝王	事蹟	相貌	出處
陳	武帝陳霸先	嘗遊義興館於許氏，夢天開數丈，有四人朱衣捧日而至，納之帝口，及覺，腹中猶熱。	身長七尺五寸，日角龍顏，垂手過膝。字，項有浮光，身映日無影，兩髀駢骨，項上隆起，有文在右手曰武。	《南史》卷九〈陳武帝紀〉。
北朝（北魏）	道武帝拓拔珪	母因遷徙，游於雲澤，寢夢日出室內，醒而見光，炤然有感，生帝於參合陂北。其夜復有光明。	帝弱而能言，目有光曜，廣顙大耳。	《北史》卷一〈魏道武帝紀〉。
北朝（北齊）	神武帝高歡	嘗乘驛，過建興，雲霧晝晦，雷聲隨之，若有神應者。又嘗夢履眾星而行，覺而內喜。	目有精光，齒白如玉。	《北史》卷六〈齊神武帝紀〉。高歡未即帝位，因齊之建國，肇基於歡，故延之。

朝代	帝王	降生	容貌	事蹟	出處
	文宣帝高洋	文明太后初孕帝，每夜有赤色光照室。	黑色大頬，兌下鱗身重踝。	有沙門忤愚乍智，時人不測，呼為阿禿師，太后召見諸子，歷問從子，三舉手指天而已，至帝，再三舉手指天而已，口無所言，有龍在上，唯神武與帝見之。	《北史》卷七〈齊文宣帝紀〉。
北周	文帝宇文泰	母曰王氏，初孕五月，夜夢抱子升天，才不至天而止。猶以告德皇帝，德皇帝曰：雖不至天，貴亦極矣。帝生而有黑氣如蓋，下覆其身。	身長八尺，額廣顙，美鬚髯，髮長委地，垂手過膝，背有黑子，宛轉若盤龍之形，面色紫光，人望而畏敬之。		《北史》卷九〈周文帝紀〉。字文泰未即帝位，因周之建國，肇基於泰，故述之。
隋	高祖文帝楊堅	皇妣呂氏生高祖於馮翊般若寺，紫氣充庭。	為人龍頷，額上有五柱入頂，目光外射，有文在手曰王。	皇妣生高祖，有尼來自河東，謂皇妣曰，此兒所從來甚異，不可於俗間處之。尼將高祖舍於別館，躬自撫養。皇妣嘗抱高祖，忽見頭上角出，編體鱗起，皇妣大駭，墜高祖於地，尼自外入見，曰已驚我兒，致令晚得天下。	《隋書》卷一〈高祖紀〉。
唐	高祖李淵		體有三乳。	初高祖（隋文帝），夢洪水沒都城，意惡之，故遷都大興（開皇三年遷新都）……	《新唐書》卷一〈高祖紀〉。

朝代	人物	事蹟（一）	事蹟（二）	出處
	太宗李世民	生於武功之別館，時有二龍戲於館門之外，三日而去。	會有方士安伽陀言李氏當為天子，勸帝（煬帝）盡誅海內凡李姓者。年四歲，有書生自言善相，謁高祖，見太宗曰，龍鳳之姿，天日之表，年將二十，必能濟世安民矣。高祖懼其言泄，將殺之，忽失所在，因採濟世安民之義，以為名焉。	《資治通鑑》卷一百八十二隋文帝大業十一年。《舊唐書》卷二〈太宗紀〉。
五代　梁	太祖朱晃	夜生於碭山縣午溝里，是夕所居廬舍之上有赤氣上騰，里人望之皆驚，奔而來曰，朱家火發矣，及至，則廬舍儼然，既入，鄉人以誕孩告，眾咸異之。	未冠而孤，母攜養寄於蕭縣人劉崇之家。崇母自幼憐之，嘗誡家人曰朱三非常人也，汝曹當善待之。家人問其故，答曰我嘗見其熟寐之次，化為一赤蛇，然眾亦未之信也。	《舊五代史》卷一〈梁太祖紀〉。
唐	武皇李克用	在娠十三月，載誕之際，母艱危者竟夕，族人憂駭，市藥於鴈門，人遇神叟告曰，非巫醫所及，可馳歸，盡率部人被甲持旄，擊鉦鼓躍馬	新城北有毗沙天王祠，祠前有井一日沸溢，武皇因持巵酒而奠曰，予有尊主濟民之志，無何井溢，故未察其福。惟天王苟有神奇，可與僕交談。奠酒未已，有神人被金甲持戈，隱然出於壁間，見者大驚走，惟武皇從容而退。	《舊五代史》卷二十五〈唐武皇紀〉。

朝代	帝王			出處
		大噪，環所居三周而止，族人如其數，果無恙而生，是時虹光燭室，白氣充庭，井水暴溢。		用，故述之。
唐	莊宗李存勗	姓時，曹后嘗夢神人黑衣擁扇夾侍左右。載誕之辰，紫氣出於窗戶。		《舊五代史》卷二十七〈唐莊宗紀〉。
晉	高祖石敬瑭	生時有白氣充庭，人甚異焉。		《舊五代史》卷七十五〈晉高祖紀〉。
漢	高祖劉知遠		面紫色，目光多白。	《舊五代史》卷九十九〈漢高祖紀〉。
周	太祖郭威	載誕之夕，赤光照室，星火四迸。有聲如爐炭之裂，星火四迸。	初聖穆皇后孕於帝，帝方貳云，而后多貴從。嘗晝寢，有小虵五色出入顧鼻之間，后屢見，愕然。在太原時，有神尼與帝同姓，見帝謂李瓊曰：我宗天上大仙，頂上有肉角，當為世界主。所居營舍之鄰吳氏，有青衣佳娘者，為山魈所魅，鬼能人言，而投瓦石，鄰伍無敢過吳氏之舍者。	《舊五代史》卷一百十〈周太祖紀〉。

朝代	人名	異象	事蹟	出處
宋	太祖趙匡胤	生於洛陽夾馬營，赤光繞室，異香經宿不散，體有金色，三日不變。	帝過之，其鬼寂然，帝去如故，如是者再，或謂鬼曰爾既神，向者客來，又向寂然。鬼曰彼大人者，由是軍中異之。世宗在道，閱四方文書，得韋囊，中有木三尺餘，題云點檢，異之。時張永德為點檢，世宗不豫，還京師，遣太祖檢校太傅殿前都點檢，以代永德。	《宋史》卷〈太祖紀〉。
元	太祖鐵木真	生時，手握凝血如赤石。		《元史》卷〈太祖紀〉。
	世祖忽必烈			
明	太祖朱元璋	母陳氏方娠，夢神授藥一丸，置掌中，有光，吞之，及產，紅光滿室，自是夜有光起，鄉里望見，驚以為火，輒奔，至則無有。	年十七，父母兄相繼歿，孤無所依，乃入皇覺寺為僧，踰年遊食合肥，道病，二祟衣人與俱，護視甚至，病已，失所在。	《明史》卷〈太祖紀〉。

　　這種神權觀念可遠溯於遠古。蓋一個朝代成立既久，帝室便有權威，復由權威而發生正統觀念，正統觀念乃基於神權思想。在民智幼稚之時，推翻神權思想所維護的王朝，必須利用另一個神權觀念，而謂新王朝之建立亦由上帝所命。《詩》云：

> 天命玄鳥，降而生商，宅殷土芒芒，古帝命武湯，正域彼四方。(《詩經・商頌・玄鳥》)

即湯之祖先——契，乃是神祇之子。湯之伐契，在誓師之時，必曰「非台小子敢行稱亂，有夏多罪，天命殛之」，「夏氏有罪，予畏上帝，不敢不正」(《尚書・湯誓》)，在其凱旋之時，必曰「敢用玄牡，敢昭告於上天神后，請罪有夏」(《尚書・湯誥》)，甚至伊尹還政於太甲之時，還要說：「夏王弗克康德，慢神虐民，皇天弗保」(《尚書・咸有一德》)。《詩》又云：

> 時維后稷……誕寘之隘巷，牛羊腓字之。誕寘之平林，會伐平林。誕寘之寒冰，鳥覆翼之。鳥乃去矣，后稷呱矣。(《詩經・大雅・生民》)

即周之祖先——后稷也是神祇之子，而武王伐紂亦秉承上帝之命。吾人觀《尚書》所載，例如，「商罪貫盈，天命誅之，予弗順天，厥罪惟鈞」(〈泰誓上〉)，「惟受 (紂名) 罪浮於桀，天其以予乂民」(〈泰誓中〉)，「上帝弗順，祝降時喪，爾

其孜孜，奉予一人，恭行天罰」（〈泰誓下〉）。「今予發惟恭行天之罰」（〈牧誓〉），「予小子敢祗承上帝，以遏亂略」（〈武成〉），就可知道。

　　這當然只是神話，然此神話乃以武力為基礎，而既出於皇帝之口，世人遂深信不疑。由此可知，凡得天下的，又常得到另一種權力，即編纂歷史的權，吾人試稱之為編史權。史官對於皇帝難免多寫好的，少寫壞的，於是好的遂掩蓋了壞的。亭長的劉邦，賣草鞋的劉裕，流寇的朱溫，和尚的朱元璋如果不登帝位，哪會有許多奇蹟。玄武門之役，唐太宗如果失敗，則唐代歷史必與吾人今日所讀者不同。由此可知爭天下者不但爭一時之富貴，且爭編史的權，藉此以取得永久的名譽。生則紅光滿室，貌則隆準龍顏，死則大雨滂沱，天亦落淚，人乎神乎，神乎人乎，完全在於成功或失敗。成則為王，具有神聖的品格，敗則為寇，必不脫流氓的本性，吾人觀廿五史，可以深知此中味道。

由宋江的家族關係說明中國古代的政治

　　在宋江尚未落草以前，因為「做吏最難」，「恐怕連累父母，教爺娘告了忤逆，出了籍冊，各戶另居，官給執憑公文存照，不相來往」（第二十一回）。吾國在秦漢時代，「官」與「吏」未曾區別，經魏晉南北朝之士族政治，而至於隋，「官」與「吏」漸次分途，唐宋均用考試取士，科目雖多，而進士最為矜貴，進士所考者又是文詞詩賦。司馬光說：

> 國家用人之法，非進士及第者，不得美官，非善為詩賦論策者，不得及第。

宋江雖然「刀筆精通」（第十七回），但吾人觀其在潯陽樓所題的詩詞（第三十八回），似其文學修養只能與唐代落第秀士的黃巢相比，很難考上進士。其家裡大約頗有財產，「父親宋太公在村中務農，守些田園過活」，宋江本人「揮金似土」，「時常散施棺材藥餌，濟人貧苦，賙人之急，扶人之困」（第

十七回）。以此觀之，大率是鄆城縣的殷戶。宋依唐制，戶分
九等，上四等給役，餘五等免之。立法之意，本來是許人以
錢雇役，即有錢而不欲役者出錢，無錢而願出力者得錢。只
因宋之職役太過苛苦，上戶雖欲出錢雇人，而貧者亦不肯就，
於是上戶只有自己往役。在各種職役之中，人民認為最難忍
受的乃是衙前之役。宋江在鄆城縣做押司（第十七回）。《文
獻通考》卷十二「職役一」云：

> 在縣，曹司至押錄，在州，曹司至孔目官，下至雜職
> 虞侯揀掐等人，各以鄉戶等第差充。

所謂「押錄」之「押」，當指押司。宋代為吏有許多風險，所
以宋江須與他的父親脫離關係，各戶另居。到了宋江落草之
後，又迎接宋太公上山享福，連弟宋清也做了山上的首領（第
四十一回）。由於這個事實，我們可以看出中國家族制度與政
治的關係。

　　經濟制度可以分做兩種，一是個人主義的，一是社會主
義的。前者指團體對於個人的生存，不負責保證；後者指團
體對於個人的生存，須負責保證。但是團體對於個人的生存，
既然須負責保證，則團體為了達到這個目的，不能不經營生
產，因之，生產手段不能不歸於團體公有，所以這個時候，
許多生產常由國營。反之，個人既然自求生存，則個人為了
達到這個目的，不能沒有生產手段，而生產手段所生產的生
產物也不能不歸於個人私有，所以這個時候，許多生產均為
私營。其次，團體既能保證個人的生存，則個人對於自己的

生存，當然沒有特別顧慮的必要，因之，個人可任意籌劃團體全部的利益，所以這個時候，利他主義是道德上的最高原理。反之，團體不能保證個人的生存，則個人在考慮團體利益之先，不能不謀自己利益的安全，否則由個人的窮苦，勢必引起社會全體的沒落，所以這個時候，在道德上，不能不承認利己主義。

但是從來社會乃同時存在著這兩個制度，即在社會之內，固然實行個人主義的經濟制度，而在家族之內，則實行社會主義的經濟制度。家族與社會的經濟制度既然不同，所以家族與社會的道德原則也互相牴觸，即在家族之內，以利他主義為最高道德原則，在社會之內，卻不能不承認利己主義的道德原則。社會與家族既然實行二種矛盾的道德原則，那末，人們要在家族之內，成為良好的父兄，勢不能再在社會之內，成為良好的臣民，因為在道德上既有保證家族生活的義務，則稍稍剝削社會，由社會的道德原則的利己主義看來，並沒有甚麼大錯。

這種現象固然不是中國纔有的，不過歐洲各國，自工業革命發生之後，一面因手工業的沒落，勞工階級都吸收於工廠之內，同時兼以交通發達，人們容易遷徙，所以大家族制度漸次破壞，而代以小家庭制度。反之，中國則為農業社會，農民束縛於土地之上，本來不喜歡移住，這種性質已經可以發生大家族制度了。何況農業技術極其幼稚，家有數畝的田，就需要許多勞工，不論男女老幼，均須各盡所能，分擔一部分的工作。勞動力既然必要，則家中多一個子弟，無異於增加一個勞動力，因此之故，家長也不許子弟移住別地，中國

古代把「九世同居」視為最高道德，是有相當理由的。

在大家族制度之下，祖宗的財產是不許分割的。《禮記》說：「子婦無私貨，無私蓄，無私器，不敢私假，不敢私與。」而《唐律疏議》亦說：「諸祖父母，父母在，而子孫別籍異財者，徒三年。」即不但在道德上，獎勵人們共產，且在法律上，也禁止人們私產。在這樣制度之下，如果一家的人都肯做工，當然和分家異財的，沒有區別。但是家族既然實行共產制度，則家長當然有保證一家生活的義務，因此之故，懶惰的常常偷閒，把一切生計歸於家長負擔。家長既然負擔一家的生計，則只能蠅營狗苟，以謀多得金錢，因之，他出來做官，又將貪邪汙濁，刮索民膏。但是不管他怎樣刮索，財產是可以用得完的，最好能夠抓住生財的手段。在生產力幼稚的社會，生財之法不能依靠於經濟手段，只能依靠於政治手段，得了一官半職，就可發一筆大財。官職既然成為生財的手段，那末，人們若有任免官職的權，當然要援引自己的子姪兄弟出來做官了。最初因家族而貪汙，其次因家族而徇私，家族既然享到利益，則家族當然須連帶負責。中國古代有親族緣坐的刑法，《唐律疏議》亦說：「諸謀反及大逆者皆斬。父子年十六以上皆絞，十五以下及母女妻妾（子妻妾亦同）祖孫兄弟姊妹，若部曲資財田宅並沒官。男夫年八十及篤疾，婦人年六十及廢疾者並免。伯叔父兄弟之子皆流三千里，不限籍之同異。」不是沒有理由的。這便是宋江在未落草以前，與父弟脫離關係，到了落草之後，又接父上山享福，迎弟上山做首領的原因。

豈但宋江這樣，以大舜之賢，貴為天子之後，猶封其弟

象於有庳，所以萬章很懷疑舜的仁德。

> 萬章曰：舜流共工於幽州，放驩兜於崇山，殺三苗於
> 三危，殛鯀於羽山，四罪而天下咸服，誅不仁也。象
> 至不仁，封之有庳，有庳之人奚罪焉，仁人固如是乎？
> 在他人則誅之，在弟則封之。孟子曰：仁人之於弟也，
> 不藏怒焉，不宿怨焉，親愛之而已矣。親之欲其貴也，
> 愛之欲其富也，封之有庳，富貴之也，身為天子，弟
> 為匹夫，可謂親愛之乎？（僥倖象不得有為於其國，天
> 子使吏治其國，而納其貢稅焉，故象不得暴其民）（《孟
> 子‧萬章章句上》》

　　大舜這樣，其他可知，武王伐紂，得到天下之後，大封
同姓的人，數共五十五，周的子孫，若不狂惑，都可成為諸
侯。武王既崩，成王年幼，這個時候，出來攝政的，乃是周
公。厲王出奔，太子年幼，這個時候，出來協助治國的，乃
是周召二君。漢高祖得到天下之後，因鑑秦孤立而亡，也封
同姓為王者九國：弟交為楚王，兄肥為齊王，兄子濞為荊王，
子長為淮南王，子建為燕王，子如意為趙王，子恢為梁王，
子友為淮陽王，子恆為代王。就是家族之內若有一人能夠把
天下為自己的產業，則一家的人都可封王封侯，所以當時政
治可以叫做兄弟政治。但是周封同姓諸侯，而最初出來反抗
同室的，是管叔蔡叔。漢封同姓諸侯，到了後來，各王也相
繼造反，把政權委託兄弟子姪，而竟禍起蕭牆之內，兄弟政
治於茲已經發生破綻了，所以此後少主即位，已經不學武王

那樣，使兄弟攝政，而學漢高祖那樣，使太太攝政。在婦人攝政之下，用人以甚麼做標準呢？婦女雖然出嫁從夫，但是夫家的人，由她看來，總不及娘家的人親密，因此之故，婦人攝政，常常引用外戚，呂后王諸呂就是一個證據。這個時候，夫家兄弟當然失去權勢，反之，娘家兄弟則可大出風頭，所以當時政治可以叫做舅爺政治。但是舅爺政治是很危險的，諸呂為亂，王莽篡漢，可以令人引為殷鑑。當此之時，母壯子少，而朝臣又盡是外戚的人，少主何能相抗。少主想要相抗，絕對無法和相隔頗遠的外臣相謀，只能和日夜接近的宦官暗議，一旦討平外戚，宦官當然得勢，出而干預朝政。於是舅爺政治又變為馬弁政治。

　　晉代封建諸侯，亦屬於兄弟政治，然其結果竟然發生了八王之亂。南渡之後，或為姑爺政治，如王敦尚武帝女襄城公主（《晉書》卷九十八〈王敦傳〉），桓溫尚明帝女南康公主（《晉書》卷九十八〈桓溫傳〉），而均秉執朝政，終亦作亂。或為舅爺政治，如庾亮、庾冰均是明帝后庾氏兄弟，而於成康時代，掌握大權。由南北朝而至隋唐，隋文帝唐高祖均以外戚奪取帝位，而唐代宦官之禍乃比東漢為甚，又轉變為馬弁政治。降至宋代，雖無宗室外戚之秉持朝政，而馬弁之宦官不時尚有大權，如徽宗時的童貫就是一例，而由童貫之弄權，又引起了方臘之亂。由元至明，「太祖初起時，數養他姓為子，攻下郡邑，輒遣之出守，多至二十餘人」（《明史》卷一百二十六〈沐英傳〉），天下既定，又以養子不可信任，復「擇名城大都，豫王諸子，待其壯而遣就藩服，外衛邊陲，內資夾輔」（《明會要》卷四〈諸王雜錄〉），然其結果又發生

了燕王奪位之事。此後固然是「分封而不錫土，列爵而不臨民，食祿而不治事」（《明史》卷一百二十〈諸子傳‧贊〉），而漢唐宦官之禍又重演了，即兄弟政治之弊雖然消滅，而馬弁政治之禍乃駕在兄弟政治之上。

總而言之，吾國過去政治不脫出血統之外，其脫出血統關係之外者，又常引起馬弁政治之禍。

朝廷用人注意在親戚關係，私人當然也引用親戚滿布要津，我們不看別的，只看王衍李沖之書，就可知道。

> 衍說東海王越曰：中國已亂，當賴方伯，宜得文武兼資以任之。乃以弟澄為荊州（都督），族弟敦為青州（刺史），因謂澄敦曰：荊州有江漢之固，青州有負海之險，卿二人在外，而吾留此，足以為三窟矣。（《晉書》卷四十三〈王衍傳〉）
> 李沖勤志彊力，孜孜無怠。……然顯貴門族，務益六姻，兄弟子姪皆有爵官，一家歲祿萬石有餘，是其親者，雖復癡聾，無不超越官次，時論亦以此少之。（《魏書》卷五十三〈李沖傳〉）

個人徇私，固所難免，最奇怪的，莫過於宋代竟用法律獎勵朝臣引用兄弟子姪，而稱之為恩蔭制度。據趙翼所說：

> 蔭子固朝廷惠下之典，然未有如宋代之濫者。文臣自太師及開府儀同三司，可廕子若孫，及期親大功以下親，並異姓親及門客。太子太師至保和殿大學士廕至

異姓親，無門客。中大夫至中散大夫廕至小功以下親，無異姓親。武臣亦以是為差。凡遇南部大禮及誕聖節，俱有廕補，宰相執政廕本宗異姓及門客醫人各一人；太子太師至諫議大夫廕本宗一人；寺長貳監以下至左右諫廕子或孫一人；餘以是為差。此外又有致仕廕補，曾任宰執及見仕三少使相者，廕三人；曾任三少及侍御史者，廕一人；餘以是為差。此外又有遺表廕補，曾任宰相及現任三少使相，廕五人；曾任執政官至大中大夫以上，廕一人；諸衛上將軍四人；觀察使三人；餘以是為差。由斯以觀，一人入仕，則子孫親族俱可得官，大者並可及於門客醫士，可謂濫矣（俱見〈職官志〉）。然此猶屬定例，非出於特恩也。天聖中，詔五代時，三品以下告身，存者子孫聽用廕，則並及於前代矣。明道中，錄故宰臣及員外郎以上致仕者，子孫授官有差，則並及故臣矣。甚至新天子即位，監司郡守遣親屬入賀，亦得授官（見〈司馬旦傳〉），則更出於常廕之外。曹彬卒，官其親族門客親校二十餘人，李繼隆卒，官其子，又錄其門下二十餘人，雷有終卒，官其子八人，此以功臣加廕者也。李沆卒，錄其子宗簡為大理評事，婿蘇昂，兄之子朱濤，並同進士出身。王旦卒，錄其子弟姪外孫門客常從授官者數十人，諸子服除，又各進一官。向敏中卒，子婿並遷官，又官親校數人。王欽若卒，錄其親屬及所親信二十餘人，此以優眷加廕者也。郭遵戰歿，官其四子。並女之為尼者亦賜紫袍；任福戰歿，官其子及從子凡六人；石

珪戰歿，官其三子，徐禧戰歿，官其家十二人，此又以死事而優恤者也。范仲淹疏，請乾元節恩澤，須在職滿三年者，始得蔭子，則仲淹未奏以前，甫蒞任即得蔭矣。閻日新疏，言群臣子弟以蔭得官，往往未離童齡，即受俸，望自今二十以上始給（〈職官志〉，凡蔭嫡子孫不限年，諸子孫年須過十五，弟姪須過二十，此蓋續定之制），龔茂良亦疏言慶壽禮行，若自一命以上覃轉，不知月添給俸幾何，是甫蔭即給俸矣。朱勝非疏，述宣和中諫官之論曰：尚從竹馬之行，已造荷囊之列，則甫蔭得服章服矣。熙寧初，詔齊密等十八州及慶渭等四州，並從中書選授，毋以恩例奏補，則他州通判皆可以蔭官奏補矣。金安節疏，言致仕遺表恩澤，不宜奏異姓親，使得高貲為市，則恩蔭並聽其鬻賣矣（以上俱各本傳）。其間雖有稍為限制者，神宗詔諸臣七十以上，直除致仕者，不得推恩子孫（見〈職官志〉），又詔任子，自一歲一人者，改為三歲一人，自三歲一人者，改為六歲一人。孝宗詔六十不請致仕者，遇郊不得蔭補，又詔終身任宮觀人，毋得奏子，此雖略為撙節，然所減捐，究亦有限。朝廷待臣下，固宜優恤，乃至如此猥濫，非惟開倖進之門，亦徒耗無窮之經費，竭民力以養冗員，豈國家長計哉。（趙翼撰《廿二史箚記》卷二十五〈宋恩蔭之濫〉）

　　上自皇室，下至朝臣，無不引用子弟親戚，滿布要津，政治安得不腐化，社會安得不紛亂。不過開國始祖引用私人，

多在於天下已定之後，在天下未定以前，無不求賢如渴，絕對不肯以私徇公。漢高祖未得天下以前，任用蕭何、張良、韓信等，而對於自己的兄弟子姪，確未曾用過一人。反之，項羽則非諸項或妻之昆弟不用（《史記》卷五十六〈陳丞相世家〉）。劉邦成功，項羽失敗，是應該的。宋江雖舉宋清為首領，而宋清所負的，不過排設筵宴（第七十回），宋江尚有知人之明，所以梁山泊諸好漢無不心服。倘若宋江也學王衍那樣，把宋清放在要職，我恐怕部下將要貳心，而梁山泊也將滅亡，這是宋江聰明的地方。

宋江得到天下之後李逵的運命如何

　　李逵是宋江的心腹，宋江得到天下，李逵當然封王封侯，這是普通人的見解。若據我的觀察，宋江得到天下之日，便是李逵被誅之時。不過宋江之殺李逵，又和漢高祖之殺韓信不同，而有似於唐太宗要殺尉遲敬德。

　　尉遲敬德嘗侍宴慶善宮，時有班在其上者，敬德怒曰：汝有何功，合坐我上，任城王道宗次其下，因解喻之，敬德勃然，拳毆道宗目，幾至眇，太宗不懌而罷，謂敬德曰：朕覽漢史，見高祖功臣獲全者少，意常尤之，及居大位以來，常欲保全功臣，令子孫無絕，然卿居官，輒犯憲法，方知韓、彭夷戮，非漢高之愆，國家大事唯賞與罰，非分之恩不可數行，勉自修飭，無貽後悔也。（《舊唐書》卷六十八〈尉遲敬德傳〉）

　　李逵是個魯莽的人，有話便說，毫無顧忌。這種人本來

不受人家歡迎，除了人家想利用他之外。李逵雖是宋江的心腹，但是他常常在大庭廣眾之中，說出宋江的祕密。第一次，宋江打破了無為軍，活捉了黃文炳，得意洋洋，坐在聚義廳上面，細述「耗國因家木，刀兵點水江，縱橫三十六，播亂在山東」的童謠，而李逵竟然跳將起來，說道：「好，哥哥正應著天上的言語，雖然喫了他些苦，黃文炳那賊也喫我割得快活，放著我們許多軍馬，便造反，怕怎地，晁蓋哥哥便做大宋皇帝，宋江哥哥便做小宋皇帝，吳先生做個丞相，公孫道士便做個國師，我們都做將軍，殺去東京，奪了鳥位，在那裡快活，卻不好，不強似這個鳥水泊裡」（第四十回）。第二次，梁山泊和祝家莊交戰，宋江因為扈成牽羊擔酒，前來投降，而李逵殺得高興，竟把扈家的人也殺得乾乾淨淨，不禁勃然大怒，說他違抗將令，李逵應道：「你便忘記了，我須不忘記，那廝前日教那個鳥婆娘趕著哥哥要殺，你今卻又做人情，你又不曾和他妹子成親，便要思量阿舅丈人」（第四十九回）。第三次，晁蓋中箭身死，林沖等議立宋江為梁山泊領袖，宋江因為晁蓋遺囑，不敢接受，後因諸首領力勸，便暫時坐了第一位椅子，這個時候，李逵又在旁邊叫道：「哥哥休說做梁山泊主，便做個大宋皇帝，你也肯」（第五十九回）。第四次，盧俊義活捉了史文恭，宋江請盧俊義為領袖，盧俊義不敢從命，在他們兩人互相推讓的時候，李逵又大叫道：「我自天也不怕，你只管讓來讓去，假甚鳥，我便殺將起來，各自散火」（第六十七回）。這種的話，在李逵，固然言之無心，而由宋江聽來，實在不堪。當宋江尚欲利用李逵的時候，固然只有忍耐，一旦宋江得到天下，則狡兔死，走狗烹，李

逵的話實可招殺身之禍。

　　本來由公卿出身的皇帝，待遇功臣，比較的寬大，漢光武、唐太宗便是其例；反之，由平民出身的皇帝，待遇功臣，則常殘酷，漢高祖、明太祖便是其例。因為公卿愛講禮貌，在他未做皇帝以前，已經有了一種身分，他的功臣大多數都是他的家臣，平日對他，已經「鞠躬如也」，不敢輕視，所以在他得到天下之後，功臣能夠嚴守朝儀。反之，平民則豪放成性，在他未做皇帝以前，常常不修邊幅，不講禮貌，他的功臣，大多數都是他的朋友，平時對他，只有友誼，沒有名分，所以在他得到天下之後，不但功臣忘記了朝儀，便是皇帝也忘記了朝儀。漢九年，高祖「大朝諸侯群臣，置酒未央前殿，高祖奉玉卮，起為太上皇壽，曰：始大人常以臣無賴，不能治產業，不如仲力，今某之業，所就孰與仲多？殿上群臣皆呼萬歲，大笑為樂」（《史記》卷八〈高祖本紀〉）。在群臣之前，竟對太上皇說這種話，太上皇實難為情，而群臣又隨和大笑，可知當時高祖與群臣均忘記了嚴肅的朝儀。因此之故，平民皇帝對付功臣，實在不易，迫到不得已的時候，只有剪除的一法。漢高祖夷戮韓、彭，呂后在高祖身死之後，又想盡誅諸侯，其理由是一樣的。

　　　　四月甲辰，高祖崩長樂宮，四日不發喪，呂后與審食
　　　　其謀曰：諸將與帝為編戶民，今北面為臣，此常怏怏，
　　　　今乃事少主，非盡族是，天下不安。（《史記》卷八〈高
　　　　祖本紀〉）

　　但是不管公卿皇帝也好，或平民皇帝也好，群臣爭功，又是免不了的事。平民的漢高祖得到天下之後，固然「群臣飲酒爭功，醉或妄呼，拔劍擊柱」（《史記》卷九十九〈劉敬叔孫通列傳〉）。而公卿的唐太宗，在論功行賞之後，群臣也暗中「咸自矜其功，或攘袂指天，以手畫地」（《舊唐書》卷六十六〈房玄齡傳〉）。當時情形如次：

> 太宗因謂諸功臣曰：朕敍公等勳效，量定封邑，恐不能盡當，各許自言。皇從父淮安王神通進曰：義旂初起，臣率兵先至，今房玄齡、杜如晦等刀筆之吏，功居第一，臣竊不服。上曰：義旗初起，人皆有心，叔父雖率得兵來，未嘗身履行陣，山東未定，受委專征，建德南侵，全軍陷沒，及劉黑闥翻動，叔父望風而破，今計勳行營，玄齡等有籌謀帷幄，定社稷之功，所以漢之蕭何雖無汗馬，指蹤推轂，故得功居第一，叔父於國至親，誠無所愛，必不可緣私，濫與功臣同賞耳。初將軍丘師利等咸自矜其功，或攘袂指天，以手畫地，及見神通理屈，自相謂曰：陛下以至公行賞，不私其親，吾輩何可妄訴。（《舊唐書》卷六十六〈房玄齡傳〉）

　　群臣爭功，有的「醉或妄呼，拔劍擊柱」，有的「攘袂指天，以手畫地」，這種行為何能保全朝廷的尊嚴，而維持政權的安定？因此，遂有朝儀的必要。漢高祖於群臣爭功之後就命叔孫通制定朝儀，朝儀制成之後，群臣朝見，比從前嚴肅多了。

漢七年，長樂宮成，諸侯群臣皆朝，十月儀，先平明，
謁者治禮，引以次入殿門，廷中陳車騎，步卒衛宮，
設兵張旗志，傳言趨，殿下郎中俠陛，陛數百人，功
臣列侯諸將軍軍吏，以次陳西方東鄉，文官丞相以下，
陳東方西鄉，大行設九賓，臚句傳，於是皇帝輦出房，
百官執職傳警，引諸侯王以下，至吏六百石，以次奉
賀，自諸侯王以下，莫不振恐肅敬，至禮畢，復置法
酒，諸侍坐殿上，皆伏抑首，以尊卑次起上壽觴九行，
謁者言罷酒，御史執法，舉不如儀者，輒引去，竟朝
置酒，無敢讙譁失禮者。於是高帝曰：吾迺今日知為
皇帝之貴也。(《史記》卷九十九〈劉敬叔孫通列傳〉)

　　中國人喜歡說禮，禮是甚麼？用現代話來說，便是政治
上的權威。怎樣維持政治上的權威？制定朝儀，當然不失為
一個方法，因為嚴肅的朝儀可以使人發生畏懼的情緒。馬凱
維尼 (Machiavelli) 以為君主與其使臣民親愛，不如使臣民畏
懼，而孟德斯鳩 (Montesquieu) 亦以畏懼為專制政治的指導原
理。即不論古今或東西，政治若是專制，畏懼是很必要的，
嚴肅是很必要的，朝儀也是很必要的。

　　君主要保全自己的威嚴，須使臣下不能忖度君主的意嚮，
須使百姓不能接近君主的天威。要使臣下不能忖度君主的意
嚮，以寡言為貴，要使百姓不能接近君主的天威，以深居為
貴。唐太宗喜歡與群臣辯駁，劉洎上書諫阻，以為「皇天以
無言為貴，聖人以不言為德」(《舊唐書》卷七十四〈劉洎
傳〉)。漢高祖未得天下以前，要住在秦的宮殿，樊噲、張良

都不贊成，到了高祖得到天下之後，蕭何竟然乘高祖東擊韓信之際，「營作未央宮，立東闕北闕，前殿武庫太倉。高祖還，見宮闕壯甚，怒謂蕭何曰：天下匈匈，苦戰數歲，成敗未可知，是何治宮室過度也。蕭何曰：天下方未定，故可因遂就宮室，且夫天子以四海為家，非壯麗無以重威，且無令後世有以加也，高祖乃說」（《史記》卷八）。就是劉洎欲其元首寡言，蕭何欲其元首深居，以保全君主的威嚴。

這種寡言深居，用之得法，固然可以保全君主的威嚴，用之不得其法，又容易受人蒙蔽，秦二世就是一個最好的例子。

> 趙高說二世曰：先帝臨制天下久，故群臣不敢為非，進邪說，今陛下富於春秋，初即位，奈何與公卿廷決事，事即有誤，示群臣短也，天子稱朕，固不聞聲，於是二世常居禁中，與高決諸事，其後公卿希得朝見。（《史記》卷六〈秦始皇本紀〉）

趙高的話，在專制政治之下，確有一部分的真理。君主聰明，已宜深居寡言了；君主愚駿，而又喜歡同群臣說話，同百姓見面，其結果，更容易使人輕視。二世的失敗在於行之過甚，而又信任奸臣。像晉惠帝那樣，愚駿而又裝做聰明，聽見蝦蟆叫，向左右說道：「此鳴者，為官乎，為私乎？」聽見天下饑荒，百姓餓死，又說：「何不食肉糜？」實足以啟權臣問鼎輕重之心。天子所居，叫做禁中，就是使百姓可望而不可即，以保全君主的尊嚴。

　　總而言之，在專制政治之下，皇帝要維持政權的安定，不能不保存自己的尊嚴，像李逵那樣性質的人，最容易觸犯天威，而損害皇帝的神聖，所以宋江做了皇帝之後，李逵縱不被誅，至少也要同尉遲敬德一樣，受了懲戒。

由祝家莊與曾頭市說到中國的軍隊與官僚

　　官軍累次討伐梁山泊，無不給梁山泊打得落花流水，將官送到山裡做首領，兵卒送到山裡做嘍囉，一言以蔽之，不論將官或兵卒，沒有一個存必死之心，降的降，逃的逃，官軍討伐梁山泊一次，即助長梁山泊的氣燄一分，反之，祝家莊與曾頭市的情形，卻與官軍不同。梁山泊未向他們侵略，他們先向梁山泊挑釁。祝家莊門上貼了兩個標語，寫道：「填平水泊擒晁蓋，踏破梁山捉宋江」（第四十七回，參看第四十六回），而曾頭市則杜撰了幾句軍歌，唱道：「搖動路鐶鈴，神鬼盡皆驚，鐵車並鐵鎖，上下有尖釘。掃蕩梁山清水泊，剿除晁蓋上東京，生擒及時雨，活捉智多星，曾家生五虎，天下盡聞名」（第五十九回）。這種挑釁的態度當然可使梁山泊諸好漢為之一驚。然其結果，在祝家莊，竟使宋江三次動員；在曾頭市，又使晁蓋受傷，因而喪命。雖然此後他們都給梁山泊侵服，祝曾兩家全部殉難，然而他們的反抗精神和反抗實力，實勝過官軍百倍。

　　何以祝家莊及曾頭市的軍隊強過大宋官軍呢？祝家莊的軍隊似是部曲，曾頭市的軍隊則為鄉團。案「祝家莊前後有兩座莊門，一座在獨龍岡前，一座在獨龍岡後」，「宋江引了人馬，轉過獨龍岡後面，來看祝家莊時，後面都是銅牆鐵壁，把得嚴整」（第四十七回）。由此可知祝家莊似與魏晉南北朝的塢堡相同，而其軍隊，觀扈三娘捉得王矮虎之時，「眾莊客齊上，橫拖倒拽，活捉去了」（第四十七回），即無異魏晉南北朝的賓客及部曲。曾頭市呢？它是城市，市內三千餘家，其中一家姓曾，有五七千人馬（第五十九回），即其軍隊與歐洲中世自由城市之軍隊相同，而為鄉團。部曲與領主有主奴關係，其關係是封建式的，不是雇傭式的，在鄉團，軍隊大率是該鄉的住民，他們由於愛護鄉土，即他們的祖墓、他們的財產、他們的妻子均在這個地方，所以在社會紛亂之時，他們不惜犧牲一身，出而當兵。

　　官軍如何呢？中國兵制是由農兵漸次變為傭兵的。在農兵制度，軍隊由農民組織，無事耕田，有事從軍。在勞動力缺乏的社會，政府要設置軍隊，只有利用這個方法。因為各人既然都有工作可做，試問誰人願意從軍，所以政府利用支給工資的方法，組織軍隊。政府要組織軍隊，只有一個方法，即強制徵召的方法，於是農兵制度便成立了。農民當兵，以古代的武器言，其戰鬥力是最強的。因為農民在露天的地方，寒暑交迫，日晒雨淋，不斷的勞苦工作，所以最能忍受戰爭的苦痛。反之，社會若有過剩的勞動力，不能得到工作機會，而淪為流民，則政府只能採用傭兵制度，即將流民收編為軍隊，使他們有所衣食。倘再徵召農民當兵，一方流民無以餬

口，同時農民從軍，田園荒蕪，幸而及瓜而代，而田園已經不能耕耘，因之，農民也將變為流民。唯在傭兵制度之下，兵卒既是流民，他們平日慣於嬉戲，狎於歡樂，聆敵則懾駭奪氣，聞戰則辛酸動容，臨陣不至脫逃，已經可嘉，而欲令其陷陣殺敵，以攘寇患，自屬難能。

三代及秦，採用農兵制度。漢置「正卒」之制，民年二十三皆服兵役，五十六乃免。唐設「府兵」之制，民年二十從軍，六十退役。漢武帝、唐太宗能夠平定四夷，不是偶然的事。但是東漢以後，「省諸郡都尉，並職太守，無都試之役」，都尉是統兵的官，都試是每歲立秋之日檢閱地方軍隊，課其殿最。即東漢已由農兵改制為傭兵。中葉以後，閹宦秉政，朝綱崩弛，因之以饑饉，加之以師旅，百姓飢窮，盜賊蜂起，社會經濟完全破壞。百姓流移就穀，變成流民，各地牧守就將他們收編為軍隊，例如「劉焉為益州牧，初南陽三輔民數十萬戶流入益州，焉悉收以為眾，名曰東州兵」。這就是三國初期軍閥割據的原因。

漢末大亂，兵亂相承，豪族常築塢堡以自衛，而農民則投靠於塢堡之中，在塢主的保護之下，租借田地，從事耕種，而以其剩餘勞動力貢獻給塢主。這樣，塢主事實上便成為擁有民人及土地的領主，而民人亦變成塢主的領民，受其統治。領民分為兩種，一種稱為賓客，另一種稱為部曲，此種情況，經兩晉而至南北朝還是一樣。

北周施行府兵之制，由隋至唐，規模大見充實，但太平日久，「豪富兼併，貧者失業」（《新唐書》卷五十一〈食貨志一〉），許多農民均排斥於農村之外，變為流民，單單京師一

隅之地，游手已有數千萬家，開元十一年改徵為募，稱為彍騎。「六軍宿衛皆市人」，而為社會所不齒，「及祿山之反，皆不能受甲矣」。安史亂後，諸鎮擅地，而農村破壞，社會上流民更多，方鎮盡收之以作私兵，這就是唐末五代大亂的原因。唐末五代的私兵與魏晉南北朝的部曲不同，部曲對其主帥是封建的隸屬關係，私兵對其主帥則只有雇傭關係，誰肯出最高價錢，誰就能收買他們，這又是唐末五代，兵變引起政變的原因。

　　宋興，仍採用傭兵制度，仁宗以後，承平日久，豪強兼併，而賦役繁重，「民罕上著，或弃田，流徙為閒民」。每遇歲饑，流民更多，方偕對呂夷簡說：「民迫流亡，不早募之，將聚而為盜矣。」而實際上確是「百姓多弃農為兵」。「明道寶元之間，天下旱蝗，民急而為兵者日益以眾」，富弼為青州，募流民為兵者又萬餘人，天下傳以為法。但「所募多市井游惰，不足以備戰守」。這就是宋代官軍的戰鬥力不如祝家莊的部曲及曾頭市的鄉團的理由。

　　然而這種募集的兵又不能解散，唐在穆宗初年，蕭俛與段文昌當國，建銷兵之議，兵無生業，皆聚山林間為盜賊，既而方鎮悉收用之，尾大不掉，地方割據更加甚了。明代亦然，當馬賊高迎祥作亂之時，劉懋「議裁驛站，山陝游民仰驛糈無所得食，俱從賊」。由此可知自唐中葉以後，軍隊乃是一種社會政策，其禦敵之意義少，而救貧之意義多。

　　說到這裡，我們不能不附帶說明中國古代的官僚組織。中國職官，秦漢甚少，東漢以後，漸次增加。固然增加，而因文化的發達，知識階級亦隨之加多，不能全部容納於官僚

組織之內。但是中國古代沒有大規模的企業，而知識階級又均以治國平天下為己任，即以「做官」為業。而如袁安所說「凡學仕者，高則望宰相，下則希牧守」。他們得不到職業，變為游士，猶如農民變為流民一樣，何肯坐而待斃。這是政府應該注意的問題。戰國時代諸公子之養士，西漢郎官多至千人，無非收羅那些得不到職業的士人。東漢士人更多，單單太學已有學生三萬多人（《後漢書》卷七十九〈儒林傳·序〉），而私塾亦甚發達，每一宿儒常收門徒數十人至千餘人，郎官雖然增加到二千餘人，而閹宦秉政，父子兄弟婚親賓客布列州郡。士人沒有出路，遂依附外戚，而攻擊宦官，發生了黨錮之禍。唐代文化也極發達，貞觀時代，單單京師一地，學生已有八千餘人。文化發達，士人增加，當然不免「仕進路塞」。而唐代考試又復最重進士一科，及第進士有年過七十者。每次禮部考試，單單明經一科，有三千人，據《文獻通考》所載，進士唯開元元年七十一人，平均不過二三十人，諸科只唯神龍二年三十九人，文宗太和二年三十六人，其餘不過數人或十數人。何況及第於禮部，尚須再試於吏部，天寶二年，選人集者以萬計，入第者六十四人。「選人一蹉跎，或十年不得官」。人類均有生存慾望，仕進路塞，自必結為朋黨，攻訐當道，設法引起政黨，以打開一個新局面，幸而成功，在野者固然彈冠相慶，下臺者何敢甘心，勢必設法報復，俄而此生矣，俄而又黜矣，俄而此退矣，俄而又進矣，一起一仆，仇怨愈深，而唐代就同東漢一樣，發生了牛李黨之爭。但是漢代朋黨是反對宦官的，而唐代朋黨則依附宦官。兼以唐因冗員太多，不能不設法裁員，而裁去之員，方鎮乃競引

之，以為謀主，於是朝廷孤立，而方鎮遂橫行無忌了。

　　宋代文化亦甚發達，每次考試，諸道貢士常在萬人以上，例如太宗淳化三年諸道貢士凡萬七千餘人，而是年錄取人數只有進士三百五十三人，諸科七百七十四人，共計一千一百二十七人，即十五取一。徽宗大觀六年，禮部試進士萬五千人，賜第者八百餘人，即十八分取一，其餘皆散在民間。固然宋代職官甚多，據曾鞏言，真宗景德年間一萬餘員，仁宗皇祐年間二萬餘員，英宗治平年間二萬四千餘員 （《元豐類稿》卷三十〈議經費〉）。到了哲宗時代，又增加為二萬八千餘員（《宋史》卷一百五十八〈選舉志四〉銓法上）。而亦無法容納這許多及第之人，於是新舊黨爭又發生了。兼以宋同唐代一樣，兵冗官濫為財政之蠹，吳及請省冗官，仁宗乃「謂祿廩皆有定制，毋遽變更，以搖人心」（《宋史》卷一百七十九〈食貨志下一〉會計）。哲宗時呂大防請廢胥吏之半，范百祿以為「廢半則失業者眾」（《宋史》卷三百三十七〈范百祿傳〉）。蘇轍亦請「闕吏勿補」，使「見吏知非身患，不復怨矣」（《宋史》卷三百三十九〈蘇轍傳〉）。由此可知宋代的官僚組織亦社會政策之一種，治國之意義少，而郵貧之意義多。「吏部以有限之官，待無窮之吏，戶部以有限之財，祿無用之人」（《宋史》卷一百五十五〈選舉志一〉科目上），國家安有不窮。

　　明代文化亦甚發達，京師有國學，地方則府有府學，州有州學，縣有縣學。中國士人自古就以干祿為目的，所謂「不事王侯，高尚其志」，只是少數人之志趣。嘉靖中，「講學者以富貴功名，鼓勵士大夫，談虛論寂，靡然成風」。士人既以

富貴功名相尚，則士人之數應與職官之數保持一定比例。官
多士少，則官職曠虛，官少士多，則人才壅滯。人才壅滯，
超過一定程度，勢必引起黨爭。證之吾國歷史，至為顯明。
明代士人入仕之途甚多，有進士、舉人、監生、雜流數種，
進士為殿試及格之人，舉人為鄉試及格之人，監生為國子監
學生之通稱，雜流是由吏道出身之人。合此數途，士人人數
必超過職官之數。單單監生一途，弘治八年聽選於吏部，至
萬餘人，有十餘年不得官者（《明史》卷六十九〈選舉志
一〉）。而考選又不公平，達官子弟往往名列前茅。例如成化
弘治之間，萬安「在政府二十年，每遇考，必令其門生為考
官，子孫甥婿多登第者」（《明史》卷一百六十八〈萬安傳〉）。
正德三年「太監劉瑾錄五十人姓名，以交主司，因廣五十名
之額」（《明史》卷七十〈選舉志二〉）。神宗初，張居正當國，
其子禮闈下第，居正不悅。至五年，其子嗣修遂以一甲第二
人及第，至八年，其子懋修以一甲第一人及第。而次輔呂調
陽張四維申時行之子亦皆先後成進士（《明史》卷七十〈選舉
志二〉）。而考場之中又有舞弊，如「賄買鑽營懷挾倩代割卷
傳遞頂名冒籍，弊端百出，不可窮究。而關節為甚，事屬曖
昧。或快恩讐報復，蓋亦有之」（《明史》卷七十〈選舉志
二〉）。明以文字取士，本非擇人之法，而既用文字了，就須
以文學為標準，顧乃不視文學優劣，惟視權力大小。而考試
及第之後，能否得官，又非倚仗權貴汲引不可。於是「無恥
之徒但知自結於執政，所得爵祿直以為執政與之」（《明史》
卷二百三十〈湯顯祖傳〉）。他們「分曹為朋，率視閣臣為進
退，依阿取寵，則與之比，反是則爭。比者不容於清議，而

爭則名高。故其時端揆之地，遂為抨擊之叢，而國是淆矣」（《明史》卷二百三十蔡時鼎等傳贊曰）。兼以明代「士大夫好勝喜爭」，世宗時大禮之爭，神宗初奪情之議，朝臣不識大體，而乃化小事而為大事，這種作風已經可以發生黨派了。而明代又有廷推大臣之制，即大臣有闕，令吏部會同朝臣推舉之（參閱《明會要》卷四十八〈廷推〉），此乃「爵人於朝，與眾共之之義」（《明史》卷二百二十四〈孫鑨傳〉）。然而黨同伐異，人情之常，他們何能以大公無私之心，品藻人才，勢必引用私人而排斥異己。這樣，又助長了朋黨之爭。顧憲成就是因為吏部廷推閣臣王家屏，神宗特旨任用沈一貫，先後疏爭，而被削籍，乃歸臥無錫，而講學於東林的（《明史紀事本末》卷六十六〈東林黨議〉，萬曆二十二年）。何況仕宦壅塞，退處林野之人惟冀目前有變，不樂政局安定，遇有機會，即借題發揮，攻擊當途。蓋欲引起政變，使得意者退處林野，不得意者彈冠相慶。這種心理更是黨爭的根本原因，在這種政局之下，最可利用者莫如言官，「而言事者又不降心平氣，專務分門立戶」，其「論人論事者，各懷偏見，偏生迷，迷生執」（《明史》卷二百四十三〈鄒元標傳〉）。於是明代每次掀起政潮都是出於御史及給事中，而各派亦利用御史及給事中排斥異己，而朋黨遂形成了。

> 朋黨之成也，始於矜名，而成於惡異。名盛則附之者眾，附者眾則不必皆賢，而脅引之，樂其與己同也。名高則毀之者亦眾，毀者不必不賢，而怒而斥之，惡其與己異也。同異之見歧於中，而附者毀者爭勝而不

己，則黨日眾，而為禍熾矣。(《明史》卷二百三十二
魏允貞等傳贊曰)。

弄到結果，明代又同唐代一樣，發生了宦官之禍，更由宦官
之禍而助長了朋黨之爭。

　　在這裡，我們尚欲附帶說幾句話：黨爭發生之後，君子
常為小人所打倒，這叫做政治上的格勒善法則 (Gresham's
Law)，因為君子有所顧忌，而小人則不擇手段，不惜與宦官
勾結。且看明代吧，在劉瑾得勢的時候，有許多士大夫依附
劉瑾，焦芳「每遇瑾，言必稱千歲，自稱為門下」。李憲「時
袖白金，示同列日，此劉公所遺也」。張綵的行為比較巧妙，
「每瑾出休沐，公卿往候，自辰至晡，未得見。綵故徐徐來，
直入瑾小閣，歡飲而出，始揖眾人，眾以是益畏綵」(以上見
《明史》卷三百六〈閹黨〉)。在魏忠賢得勢的時候，又有許
多士大夫拜忠賢為假父，忠賢所過，「士大夫遮道拜伏，至呼
九千歲」(《明史》卷三百五〈魏忠賢傳〉)。比方崔呈秀，他
因為貪汙，受了高攀龍、趙南星的彈劾，乃「夜走魏忠賢所，
叩頭乞哀，言攀龍、南星皆東林，挾私排陷，復叩頭涕泣，
乞為養子」。又如曹欽程，因事忤忠賢意，忠賢怒，「削其籍，
瀕行猶頓首忠賢前曰：君臣之義已絕，父子之恩難忘，絮泣
而去」。而黃運泰之建忠賢祠，迎忠賢像，更不惜「五拜三稽
首，率文武將吏，列班階下拜，稽首如初，已詣像前，祝稱
某事賴九千歲扶植，稽首謝，某月荷九千歲拔擢，又稽首謝，
還就班，復稽首如初禮」(以上見《明史》卷三百六〈閹
黨〉)。這種行為，君子安能做到。君子既然不能做到，則君

子與小人鬥爭,當然君子失敗。但是我們須知上面所引的人,都是由進士出身呢!他們讀了聖賢的書,而竟諂事宦官,士大夫的道德,實可令人懷疑。所以孟稱舜在其劇本《英雄成敗》上,有數句話,把士大夫罵得體無完膚:

> 你們做秀才呵,讀詩書也學著孔宣王口喳喳幾句頭巾話。做官呵,講法律也曾把蕭相國,嘴巴巴依樣葫蘆畫。說別人呵,將那盧杞李林甫一個個恣吹彈,指定名兒罵。到輪著自己身上呵,卻把他幾個劣樣兒,一樁樁做了印本花兒槁。

閒話少說,言歸正傳,知識階級的過剩固然可以發生黨爭,但是人口的過剩如果只限於知識階級,則黨爭尚不至變成內亂,萬一流氓階級也感覺人口過剩,不能全部編入軍隊,則黨爭必會引起內亂。因為文謅謅的士大夫沒有能力作亂,能夠作亂的,只有流氓,然而流氓作亂的時候,若有一部分士大夫跑到流氓方面去,擁戴一個真命天子,自居為謀臣策士,則他們固然可藉革命的進行,把政權抓在自己的手上,使革命運動不能化為民眾運動,而只見新王朝的成立,然而同時,內亂在某程度內,尚可有秩序的進行。反之,士大夫不跑到流氓方面去,則流氓的內亂勢必變為流寇的擄掠,而使中國社會陷入無政府狀態之中。看吧!明季的士大夫中了八股的毒,已經不配做謀臣策士,所以李自成、張獻忠終為流寇,而收拾殘局,只有依靠外來勢力,由是滿清政府就入關統治中國了。

　　閒話愈多，離題愈遠了。其實不然，句句說明官和兵的腐敗，便是句句說明官兵打不過梁山泊的理由，並反證祝家莊和曾頭市所以有優越的戰鬥力的理由。總而言之，官僚組織與軍隊制度雖然不失為一個社會政策，然卻不能徹底解決中國的社會問題。要解決中國的社會問題，須由別種政策，反之，由治國和保國的方面著想，則非改造官僚組織與軍隊制度不可。

林沖的地位何以在關勝之下

　　在梁山泊諸好漢之中，有大將風度的，似只有林沖一人。林沖的武藝高強，我們可以不必再說，至於林沖的才識過人，我們只看他火併了王倫之後，就請晁蓋坐第一把交椅，吳用坐第二把交椅，公孫勝坐第三把交椅，以為「鼎分三足，缺一不可」（第十九回），到了晁蓋中箭而死，山寨無人主持，最初出來與吳用、公孫勝商量，其次又引率諸位首領，公推宋江為臨時領袖的，也是林沖（第五十九回），處處從大局著想，不是胸有經綸濟世之才，哪裡能夠做到。至於關勝雖然施耐庵也極力描寫其人格，他「低低說了一句」，就活捉了張順，再「低低說了一句」，又活捉了阮小七（第六十三回），但是寫來寫去，總不及林沖厲害，卒被呼延灼欺騙，活捉上山（第六十三回），然而上山之後，他的地位竟在林沖之上（第七十回），這是為甚麼呢？

　　沒有理由，若必強求其理由，大約因為關勝姓關，而林沖只姓林吧。試問姓關的人何以有這樣的特權？看過《三國

志演義》的人大約知道關雲長的義氣吧。中國的下層階級最重義氣，因此，也最崇拜關雲長。梁山泊是下層階級所組織的團體，而關勝則為關雲長的嫡派子孫（第六十二回，在第六十三回，戴宗回山報告，只稱關菩薩，而不敢稱關羽），他們為了崇拜關雲長，所以不能不提高關勝的地位，使其在公孫勝之下，林沖之上。要之，關勝的地位所以比林沖高，乃由於門第關係。

　　關羽有此地位，真是吾人意想不到的事。據陳壽的《三國志》，關羽乃任氣用事之人，即如陸遜所言：「羽矜其驍氣，陵轢於人，始有大功，意驕志逸」（〈吳志〉卷十三〈陸遜傳〉），不能用外交手段，東和孫權。「先是權遣使為子索羽女，羽辱其使，不許婚，權大怒」（〈蜀志〉卷六〈關羽傳〉）。到了羽圍樊城，擒得于禁等，又因孫權之不出兵來助，復「罵曰狢子敢爾，如使樊城拔，吾不能滅汝耶。權聞之知其輕己」（〈蜀志〉卷六〈關羽傳〉注引《典略》）。卒至孫權聯合曹操，而劉備便失去了荊州，不知何故施耐庵的《三國志演義》，竟然大捧關羽，而令後人以小說所寫的為真實的事。

　　梁山泊乃是革命團體，革命團體本來不應該講門第。試看劉邦吧！他的部下，除了張良之外，蕭何、曹參由小吏出身；陳平家貧，只能代人料理喪事，先往後歸，餂其一口；韓信貧而無行，不得推擇為吏，又不能治生商賈，常從人寄食飲；周勃以織薄曲為生；彭越屈身於盜匪；黥布由囚徒出身；樊噲由屠狗出身；酈食其家貧落魄，無以為衣食業，只做里監門吏（均見《史記》各本傳）。然而劉邦利用他們，卒能得到天下。同時，與劉邦爭天下的項羽怎樣用人？據陳平

說，「項王不能信人，其所任愛，非諸項，即妻之昆弟，雖有奇士不能用」(《史記》卷五十六〈陳丞相世家〉)。即劉邦用人，不重門第，項羽用人，只知親戚，劉邦成功，項羽失敗，是應該的。

　　中國社會一面是平等的社會，同時又是不平等的社會，秦漢以前，政在貴族，堯把天下讓給舜，舜把天下讓給禹，然據《史記》所說，舜不是歷山的一介農民，而是帝顓頊的六世孫，即堯的族玄孫(《史記》卷一〈五帝本紀〉)。禹父已做大官，而禹又是帝顓頊的孫，即堯的族弟，舜的族高祖(《史記》卷二〈夏本紀〉)。即他們讓來讓去，只讓給自己的血族，至於「百姓」、「黎民」絕對不能一躍而登天子的寶座。夏的天下為殷所得，殷的天下為周所得，然而殷的先祖名契，為帝嚳的庶子，即堯的異母弟(《史記》卷三〈殷本紀〉)，周的先祖名棄，為帝嚳的嫡子，也是堯的異母弟(《史記》卷四〈周本紀〉)，他們打來打去，而天下也不過歸於同一血統的人。換言之，舜之繼堯，禹之繼舜，無異於孝宗繼高宗而帝宋，湯之伐夏，武之伐殷，無異於成祖伐建文而帝明。即不管怎樣禪讓或討伐，而天下則均歸於一家所得。

　　到了春秋戰國時代貴族政治愈益明顯，列國卿相均出身於貴族。秦漢以後，封建既廢，而始皇又徙諸郡豪傑於咸陽，漢高祖更徙齊諸田、楚昭、屈、景於關中，於是貴族之勢漸衰，終而淪與庶姓為伍。但是漢代傳祚頗長，勳臣外戚為數不少，金、張、許、史、馬、鄧、閻、竇諸勳戚，金紹相繼，赫奕一時，所以舊貴族雖然失勢，而新門第又復產生。袁紹四世三公，已為當時人望所繫，而孔融更以千餘年前，孔子

問禮於老聃，對於李膺，自稱為「我是李君通家子弟」。一方
社會尊重門第，同時人們又以過去的譜牒自誇。降至三國，
魏文帝黃初元年，由陳群建議，設置九品中正之制，而州郡
中正均以著姓士族為之，於是他們遂「計官品以定品第，天
下唯以居位為貴」。晉興，仍沿魏制，從而「據上品者非公侯
之子孫，則當途之昆弟也」，劉毅謂其「上品無寒門，下品無
勢族」，確是當時實情。永嘉大亂，人民奔迸流移，士族一部
分渡江，一部分殘留北方。南方在孫吳時代，士族已有勢力，
而如葛洪所言，「勢利傾於邦君，儲積富乎公室……僮僕成
軍，閉門為市，牛羊掩原隰，田池布千里」（《抱朴子・外篇》
卷三十四〈吳失〉）。晉武平吳，又承認他們的固有權利，不
加壓制。同時渡江之士復帶其部曲與賓客同行，晉代公卿多
有家兵，司徒王渾歸第，有家兵千餘人（《晉書》卷四十二
〈王渾傳〉）。蘇峻南渡，亦帶其部曲以從（《晉書》卷一百
〈蘇峻傳〉）。所以在僑遷之中，仍保存其社會的地位。他們
一方建立政權，這有恃於王謝二家之力者甚大。王家建立南
方的政權，肥水之役，謝家戰敗北寇，維持南方的政權，所
以王謝二家便成為江南貴族的領袖。到了南北朝，南朝易代
四次，而王謝二家在政治上均有勢力，可以「平流進取，坐
至公卿」。其在北朝，後魏起自陰山，本來沒有姓族，到了入
主中原，欲把遊牧經濟改變為農業經濟，即部落組織改造為
國家組織，不能不採用中華的文物制度，於是遂同五胡一樣，
從當時強宗大族所建築的塢堡之中，學習了中華的生產方法，
又組織了與這個生產方法相適應的國家。當時北方豪族之受
重任者，在太祖道武帝時代，有清河崔玄伯，拓拔氏改國號

曰魏，即從玄伯之議。而「制官爵，撰朝儀，協音樂，定律令，申科禁，玄伯總而裁之，以為永式」（《魏書》卷二十四〈崔玄伯傳〉）。太宗明元帝，世祖太武帝時代，崔玄伯之子浩亦秉朝政，凡「朝廷禮儀，優文策詔，軍國書記，盡關於浩」。世祖嘗「敕諸尚書曰，凡軍國大計，卿等所不能決，皆先諮浩，然後施行」（《魏書》卷三十五〈崔浩傳〉）。其後，浩分別氏族高低太過急進，而為代北武人所反對，遂借修史之名，而遭滅族之禍。而范陽盧玄則以儒雅著聞，首應旌命，子孫繼跡，為世盛門（《魏書》卷四十七〈盧玄傳〉）。趙郡李孝伯亦受知於世祖，「恭宗曾啟世祖，廣徵俊秀，世祖曰朕有一孝伯，足治天下，何用多為……自崔浩誅後，軍國之謀咸出孝伯」（《魏書》卷五十三〈李孝伯傳〉）。此外如京兆韋閬，京兆杜銓，河東裴駿均被徵辟（《魏書》卷四十五各本傳）。到了高祖孝文帝時代，隴西李沖創三長之制，終佐孝文，成就太和之治，「任當端揆，身任梁棟，德洽家門，功著王室」（《魏書》卷五十三〈李沖傳〉史臣曰）。而華陰楊播一家，「高祖以下，乃有七郡太守，三十二州刺史」（《魏書》卷五十八〈楊椿傳〉），所以史臣才說，「榮赫累朝，所謂門生故吏遍於天下」（《魏書》卷五十八〈楊播傳〉史臣曰）。此不過略舉數姓言之。強宗大族因是後魏的宗師，後魏不能不任用他們而尊重其門第，甚至把自己的種族也向士族門第轉化。而如唐代柳沖所說：「代北則為虜姓，元長孫宇文于陸源竇首之」（《新唐書》卷一百九十九〈柳沖傳〉）。於是北朝遂和南朝一樣，士族在政治上社會上都成為特權階級。

　　隋文肇興，開皇年間廢除九品中正之制，藉以打擊強宗

大族。但隋文起自關西，他自己又是關西豪族之一，所以除南朝豪族之外，北朝豪族尤其關西豪族並未曾受到致命的毀傷。煬帝即位，又置進士科以取士（《舊唐書》卷一百十九〈楊縮傳〉），於是東漢舉士專用考試之制又復興了。唯因隋代舉士頗重詞藻，「連篇累牘不出月露之形，積案盈籍唯是風雲之狀」。以此取士，何能得到英才，何況「隋文帝開元七年制，工商不得入仕」，則工商不得參加考試，而有資格參加考試者則為城裡的殷戶及鄉村的富農。

　　隋亡，唐興，李淵隴西人，其系統也是屬於關西，他常以家世自誇。太宗即位，雖然壓迫山東豪族。但是數百年來，他們都是統治階級，社會上的名望固非政治力一蹴就可以推翻的。所以朝廷雖然壓迫，而當時大臣，例如魏徵、房玄齡、李勣猶願意與他們通婚。高宗時，李義府又加以壓迫。這樣，山東世族的地位稍稍降低。但是唐代並不是完全反對門閥觀念的。「關中之人雄，故尚冠冕」，太宗就是要用冠冕以作門閥高低的標準。高宗時代的姓氏錄可以說是太宗思想的實現。唐代既然不欲推翻世族，最多不過欲用新世族以代替舊世族，所以當時人士尚有門閥觀念，而山東世族的名望依然存在。例如：「李彭年慕山東著姓為婚姻，引就清列，以大其門」（《舊唐書》卷九十〈李懷遠傳〉）。而且唐代雖用考試之制以取士，但考者必須填明三代履歷，三代不清白的，不得應考。科目既沿隋之制，限於文章詞賦，而資格又須填明三代，那末，草莽英雄哪裡能夠置身於朝廷之上？人們在政治上所要求的，乃是宦路公開，任誰都可利用自己的才幹，取得相當的地位，現在上層階級乃用種種方法，獨占朝廷的官職，那

末，才智的士為了「黃鐘毀棄，瓦釜雷鳴」，當然不免「輟耕太息」，惡用其才了。阮小五說：「我弟兄三個本事又不是不如別人，誰能識我們的」（第十四回），這句話不是阮小五個人的話，乃是普天下不得志的人的話。朝廷既不能用，他們當然「三月無君，惶惶如也」，別求一個領袖。領袖找著了之後，他們「水裡水裡去，火裡火裡去」（阮小七的話見第十四回），把全身熱血給識貨人，也是當然的。

五代大亂，當時上自天子，下至方鎮，半出強盜，半為朱邪種族。至宋，衣冠舊族，族譜罕存。因之一般人民就不能以譜牒自誇，門閥政治完全絕跡，繼之而發生者則為純粹的官僚政治，不過考試仍重詞賦，所以豪傑之士不長於雕蟲小技者亦無法進身仕界，最多不過為吏而已。宋江不失為一個識貨的人，梁山泊諸好漢願意為他拚命，是應該的。但是宋江把關勝放在林沖之上，則宋江尚不免有門第觀念。革命的團體須用革命的手段，任用革命的人物，不但不宜講門第，並且不宜講資格，講經驗。蕭何、曹參不過一位小吏，有甚麼資格？韓信未拜大將以前，在楚為郎中，在漢為連敖，有甚麼經驗？知其才而重用之，一面可使他們死心服從，同時又可使他們發揮才幹。若必一一試驗，一一觀察，待他積了經驗之後，而後重用，則有才的人何能久待，將學韓信的奔亡。不敢奔亡的人，則只是碌碌庸才而已。碌碌庸才有甚麼經驗？他們的經驗，充其量，不過吹牛拍馬而已。宋江看重門第，這是宋江不及劉邦的地方，劉邦能夠得到天下，宋江終為綠林草寇，不是沒有理由的。

吳用何以只能坐第三位交椅

　　流氓可以做皇帝，地主也可以做皇帝。知識階級呢？「秀才造反，三年不成」。

　　在中國歷史上，由流氓而做皇帝的，有劉邦、朱元璋二人，其他開國始祖則大率非出身於公卿之門，即出身於地主。

　　流氓和地主何以都有做皇帝的資格？因為在中國社會上，最有勢力的，是他們兩個階級。不過流氓要做皇帝，須有地主的德性，地主要做皇帝，須具流氓的德性。地主的德性是甚麼？是禮賢下士。流氓的德性是甚麼？是豁達豪爽。一方能學地主的禮賢下士，同時又能學流氓的豁達豪爽，一定可以得到全社會的歡迎，而被視為「真命天子」。現在試以劉邦與項羽為例，說明流氓與貴族（地主）的性質。劉邦「愛人喜施，意豁如也，常有大度，不事家人生產作業」（《史記》卷八〈高祖本紀〉）。聽到蕭何推薦韓信，就拜信為大將，聽到張良、陳平耳語，就立信為齊王（《史記》卷九十二〈淮陰侯列傳〉）。然而「素慢無禮」（蕭何評語，見〈淮陰侯列傳〉）

或「慢而易人」（酈生評語，見《史記》卷九十二〈酈生陸賈列傳〉），要立韓信，「如呼小兒」（〈淮陰侯列傳〉），而酈生入見，竟然「倨牀，使兩女子洗足」（〈酈生陸賈列傳〉）。反之，「項羽見人，恭敬慈愛，言語嘔嘔。……至使人有功，當封爵者，印刓弊，忍不能予」（〈淮陰侯列傳〉）。即劉邦豁達豪爽，而不能禮賢下士，項羽禮賢下士，而不能豁達豪爽。兩人各有所偏，何以劉沛公能夠得到天下？因為豁達豪爽的人容易改過，後來劉邦受了蕭何、張良的教誨，漸由「素慢無禮」變為禮賢下士，所以他聽到蕭何的話，就擇良日齋戒設壇場，具禮拜韓信為大將（〈淮陰侯列傳〉）；聽到酈生的話，就「輟洗，起攝衣，延酈生上坐，謝之」（〈酈生陸賈列傳〉）。惟其如是，所以他能受全社會的歡迎，得到天下。

　　但是這還不是重要的原因，中國是「縮小再生產」的國家，貧窮成為一般的現象。在這樣的國家之內，要想得到權力，須以「仗義疏財」為第一要件。流氓有仗義疏財的氣魄，而無仗義疏財的能力，地主有仗義疏財的能力，而無仗義疏財的氣魄。假使有人一面有地主之富，同時又有流氓之豪，必能收羅人心。史稱：唐太宗「推財養客，群盜大俠莫不願效力」（《舊唐書》卷二〈太宗本紀上〉），他能夠佐唐高祖統一天下，是應該的。但是獲得物質的條件艱難，養成心理的條件容易，所以由地主而做皇帝的容易，由流氓而做皇帝的艱難，一部二十四史，由流氓而做皇帝的，只有數人，可知吾言之非偽。商人雖然也有物質的條件，但是他們天天較量銖兩，哪裡肯拿出數百萬的現金，收買人心。廉買而貴賣是他們惟一的宗旨，然而商人只知道目前的利益，絕對不肯用

現金，以換取不可知的天下。呂不韋雖然有竊取天下的意志，但是他的方法卻很可笑。「奇貨可居」不失為商人口吻，以小老婆交換天下，真是廉買貴賣的極致，其失敗是理之當然的。

流氓做了皇帝之後，其結果如何？他由平民出身，照常理說，應該傾向於平民政治，但是依據過去的歷史所示，又往往加倍專制，這是有相當理由的。他出身於市井之間，朝中功臣盡是昔日嫖賭吃喝的朋友（漢高祖好酒及色載在《史記》之上），怎樣對付功臣，當然不失為一個重大問題。漢高祖使叔孫通制定朝儀，明太祖更定下「廷杖」、「跪對」的法律，其目的無非在於維持皇帝的尊嚴，使功臣不敢因為「老朋友」，而效李逵那樣，亂叫亂喊而已。如果這個方法尚不能制止功臣的無禮，則最後只有剪除一法，漢高祖、明太祖無不虐殺功臣，並不是他們兩人特別狠心，實在因為他們出身於流氓，不這樣，不能使「老朋友」恐怖，而嚴守君臣之分。流氓皇帝一方面雖然這樣專制，但是同時卻能獎勵文化。因為他們出身微賤，恐怕世人看不起，不能不裝做假斯文之狀。漢高祖過魯，以太牢祀孔子，設置學校；明太祖使各地立學，設科取士，察舉賢才，便是其例。

知識階級呢？「秀才人情本來是紙半張」，這樣寒酸氣的人物哪裡配做皇帝，而且他們知識愈高，顧慮愈多，而喪失冒險的精神，我們只看蕭何、曹參，就可知道。

> 沛父老乃率子弟共殺沛令，開城門，迎劉季，欲以為沛令。劉季曰……此大事，願更相推擇可者。蕭（何）曹（參）等皆文吏，自愛，恐事不就，後秦種族其家，

盡讓劉季。諸父老皆曰平生所聞劉季諸珍怪當貴……
乃立季為沛公。(《史記》卷八〈高祖本紀〉)

　　他們是中間階級，幸福的可以上昇為紳士，不幸的則當
淪落為游士，他們有特別的氣質，他們中了宋儒的毒，寒酸
而不豪爽。他們無法謀生，雖然也想鋌而走險，然而只能攀
龍附鳳，做謀臣策士，絕不能獨樹一幟，逐鹿中原。他們的
生活稍稍安定，則心滿意足，毫無進取之心，一部二十四史，
由知識階級而做皇帝的，恐無一人，梁山泊白衣秀才王倫的
失敗，就是由於他們的寒酸氣。梁山泊彈丸之地，有何寶貝，
他們拒絕林沖上山，照他之意，「林沖是京師教頭，必然好武
藝，倘若被他識破我們手段，他須占強，我們如何迎敵」(第
十回)。晁蓋等七人上山之時，王倫又說：「非是敝山不納眾
位豪傑，奈緣只為糧少房稀，恐日後誤了足下眾位面皮不好，
因此不敢相留」(第十九回)。英雄來投，竟然拒絕，只知保
全小小地區，過其安樂生活，這種的人何能做出大事？
　　知識階級雖然沒有做皇帝的資格，然而地主或流氓想做
皇帝，卻非利用知識階級不可。他們讀過了《論語》，知道治
國安民的方法，他們讀過了《左傳》，知道國家興亡的原因，
他們讀過了孫吳兵書，知道三韜六略。在幼稚的社會，叫知
識階級做謀臣策士，確實不錯。劉邦利用蕭何，朱元璋利用
劉基，而卒得到天下，就是一個證據。這個時候，知識階級
常分裂為兩個集團，一是幫助新皇帝而為謀臣策士，一是幫
助舊皇室而為孤臣孽子，這個分裂是由儒家的思想而來的，
因為儒家一面鼓吹「忠君」，同時又贊成「放君」，即主張二

重道德。這個二重道德對於中國社會，乃有極大的效用。民主政治必以人民有相當的能力為前提，像中國從前人民那樣的幼稚，絕對不能實行民主政治，既然不能實行民主政治，則欲統治龐大複雜的國家，必須樹立絕對王政，而後纔能控制各地，而舉中央集權之實。但是君權過大，又可釀成君主的虐政，一方要求鞏固的君權，同時又怕君權的濫用，由是二重道德遂有必要了。即君主的行為不越出一定限度以上，則主張忠君的道德，君主的行為若越出一定限度以上，則主張放君的道德，於庶民之中，再擇一位真命天子，自居於謀臣策士，而從新建設一個新皇室，所以知識階級在政治上是能演新陳代謝的作用的。

閒話少說，言歸正傳，在梁山泊一百零八位好漢之中，吳用不是「無用」而是最「有用」的。梁山泊一天沒有吳用，一天就不能存在。這樣重要的吳用不但不能坐第一位交椅，並且連第二位交椅也要讓給盧俊義坐。其理由到底在哪裡？

宋江雖是一位小地主，然其性質和行動是代表流氓的。他喜歡結交朋友，然而他的朋友盡是江湖好漢，卻沒有一位搢紳之士。他揮金似土，濟人之貧，賙人之急，扶人之困（第十七回），這種性癖當然得到流氓團體的擁戴，而坐第一位交椅。何況草創梁山泊的，雖是晁蓋，而間接幫助梁山泊日益繁盛的，則為宋江。晁蓋死了之後，宋江昇為領袖，是理之當然。至於盧俊義，平素對於梁山泊毫無貢獻，而一旦落草之後，就坐在第二位交椅，這果然因為他活捉史文恭（第六十七回，參看第五十九回），能代晁蓋報仇麼？不是，絕對不是。

　　梁山泊區區彈丸之地，不是絕對安全的地帶。宋江繼晁
蓋而為領袖之後，對於梁山泊此後所應取的政策，當然有相
當的計畫。這個時候，梁山泊的政策不外三種：第一保守，
仍舊割據梁山泊；第二進攻，出來逐鹿中原；第三招安，收
編為正式軍隊。就宋江在潯陽樓所題的反詩（第三十八回）
看來，他「笑黃巢不丈夫」，而欲「遂凌雲之志」，可知他想
逐鹿中原，與趙家爭天下的。

　　但是在中國社會上，有勢力的階級，除了流氓之外，尚
有紳士。劉邦所以能夠得到天下，就是因為關中的父老歡迎
他，即因為關中的紳士歡迎他。梁山泊只是流氓的團體，雖
然有不少的軍官來投降，然其勢力只限於下層階級，至於紳
士則仍視梁山泊為草寇。梁山泊得不到紳士的同情，就是表
示中國社會上最有勢力的階級不贊成梁山泊，其結果足使梁
山泊終為草寇，無法擴張勢力範圍，把「趙記」江山，改作
「宋記」江山。因此，怎樣改變紳士的心理，便成為宋江思
想的集中點。

　　恰好當時北京城裡有一位大地主盧俊義，他是「河北三
絕，第一等長者」，在北方社會，有相當的名望（第五十九
回）。此人若能落草，當然可以表示梁山泊的勢力已經達到紳
士階級之間。不，其對於一般民眾，尚有一種特別的意義。
「盧老爺尚肯入夥」，這句話豈但可以證明梁山泊不是普通的
草寇，並且還可以增加梁山泊的身價。革命黨纔創設的時候，
都喜歡拉攏一位舊勢力者做招牌，其理由即在於此。

　　紳士階級的盧老爺入夥之後，當然非坐第二位交椅不可。
但是這樣一來，革命黨便不得不與舊勢力妥協了。梁山泊的

倫理觀念本來只注重「義」字，所以在晁蓋未死之前，它的會議室始終叫做聚義廳，現在則「忠」字也不能不顧到了，所以在盧俊義將次落草之前，宋江即把聚義廳改作忠義廳（聚義廳改作忠義廳，為第五十九回的事，接著第六十回，宋江就設法使盧俊義入夥）。這個「忠」字，解釋為整個梁山泊須盡忠於「趙官家」，固然可以，解釋為諸好漢須盡忠於宋江，也無不可。不管怎樣解釋，為臣須盡忠，乃是紳士們所視為最重要的道德。董卓弒帝辨，固然被後人罵為亂臣賊子，而誅董卓的呂布也不能引起世人的同情。這是因為甚麼理由呢？就是說明不管你所事的是誰，你既食其祿了，就當忠其事。梁山泊掛了「忠」字，深合於紳士們的觀念。然而因此，平等的梁山泊遂變為階級的梁山泊，從前宋江與諸好漢的關係是朋友之誼，現在則為君臣之分。

　　說了一大堆，對於吳用何以只能坐第三位交椅，好像尚未說明，其實字字句句說明盧俊義何以坐第二位交椅，便是說明吳用何以只能坐第三位交椅。吳用在梁山泊中，雖然是一位最重要的角色，但是他不是流氓，也不是地主，而只是一個秀才。秀才與流氓地主比較，猶之丘九怕丘八一樣，不能不退避三舍，讓丘八哥居前。

燕青何以能列在三十六天罡星之內

　　季布為楚將，數窘漢王，及項羽滅，高祖赦季布，拜為郎中。其弟丁公亦為楚將，「逐窘高祖彭城西，短兵接，高祖急，顧丁公曰：兩賢豈相厄哉？於是丁公引兵而還，漢王遂解去。及項羽滅，丁公謁見高祖，高祖以丁公徇軍中，丁公為項王臣不忠，使項王失天下者，乃丁公也。遂斬丁公，曰：使後世為人臣者，無效丁公」（《史記》卷一百〈季布欒布列傳〉）。我想當高祖與項王逐鹿中原的時候，大約希望項王的臣下盡是丁公，自己的臣下盡是季布吧！如果項王的臣下盡是季布，則高祖將不能得到天下；反之，高祖的臣下盡是丁公，則高祖的天下又將得而復失。在這樣矛盾的環境之下，遂生出矛盾的刑賞來。即對於項王的丁公，不惜錫以重賞，使楚奸可以增加，而對於自己的丁公，則必施以嚴刑，使漢奸可以減少。同時對於項王的季布，又須施以嚴刑，使項王的臣下不致過分來窘，而對於自己的季布，則須錫以重賞，使自己的臣下能夠戮力奔命。到了高祖得到天下之後，形勢

就不同了，這個時候，普天之下莫非王土，率土之濱莫非王臣，倘若重賞丁公，何足以警戒貳臣，倘若重罰季布，又何足以鼓勵忠臣。你們看吧！季布雖然有仇於我，然而為臣盡忠，所以得賞；丁公雖然有恩於我，然而為臣不忠，所以受刑。你們能學季布，縱令我失去天下，你們也不怕沒有官做。反之，你們若學丁公，則不但我要加以嚴刑，縱令我失去天下，而受過你恩的人，亦將不赦你罪。這是高祖封季布而殺丁公的原因。豈但漢高祖，歷代太祖高皇帝，無不實行過這種政策。且看唐太宗吧！

> 上謂侍臣曰：君雖不君，臣不可以不臣，裴虔通，煬帝舊左右也，而親為亂首，朕方崇獎敬義，豈可猶使宰民訓俗。詔曰：天地定位，君臣之義以彰，卑高既陳，人倫之道須著，是用篤厚風俗，化成天下，雖復時經治亂，主或昏明，疾風勁草，芬芳無絕，剖心焚體，赴蹈如歸。夫豈不愛七尺之軀，重百年之命，諒由君臣義重，名教所先，故能明大節於當時，立清風於身後。至於趙高之殞二世，董卓之鴆弘農，人神共疾，異代同憤，況凡庸小豎，有懷凶悖，遐觀典策，莫不誅夷。辰州刺史長蛇縣男裴虔通昔在隋代，委質晉藩，煬帝以舊邸之情，特相愛幸，遂乃志蔑君親，潛圖弒逆，密伺間隙，招結群醜，長戟流矢，一朝竊發，天下之惡，孰云可忍。宜其夷宗焚首，以彰大戮，但年代異時，累逢赦令，可特免極刑，除名削爵，遷配驩州。（《舊唐書》卷二〈太宗本紀上〉）

　　我曾說過梁山泊的倫理觀念，本來注重「義」字，不注重「忠」字。甚麼叫做「義」？他們的解釋是很簡單的，人家怎樣待我，我也怎樣報他，便是他們對於「義」字的解釋，即如豫讓所說：「智伯國士待我，我故國士報之」（《史記》卷八十六〈刺客列傳〉）。所以「義」字是雙方的，有償的。只因其為雙方的，有償的，所以「義」字往往放在物質的基礎之上，韓信不背高祖，實因「漢王遇我甚厚，載我以其車，衣我以其衣，食我以其食……吾豈可以鄉利倍義乎」（《史記》卷九十二〈淮陰侯列傳〉）。但是待遇的厚薄乃是一種比較的觀念，某人待我甚厚，我不能鄉利倍義，萬一尚有一人待我更厚，則我將如何報答？其結果，恐怕待我甚厚的前人勢將成為豫讓口中的范中行氏，而待我更厚的後人才是豫讓心中的智伯。梁山泊許多好漢所以願為宋江效勞，實因宋江喜歡結識朋友，「但有人來投奔他的，若高若低，無有不納，便留在莊上館穀，終日追陪，並無厭倦，若要起身，盡力資助，端的是揮金似土，人問他求錢物，亦不推托」（第十七回）。且看宋江之結交武松吧！最初則留武松一處安歇，其次又取銀兩，來與武松做衣裳，又次則每日帶挈武松，飲酒相陪，最後又親送武松回鄉，步行十餘里（第二十回）。這種的待遇固然可以買收武松的心，但是若有一人待遇武松更厚，則武松比較待遇的厚薄之後，當然對於宋江，不至以死相報。

　　反之，「忠」字則與「義」字不同，而為片面的，無償的。何以「忠」是片面的，無償的？因為「忠」是名分上的義務，名分不能變更，不管君待你怎樣，你既然做過他的臣，你就須盡忠報答，這種義務觀念在秦漢以前，是沒有的。孟

子說：「君之視臣如土芥，則臣視君如寇讎。」伊尹本來事桀，後又助湯滅桀，就是一個例子。所以當時君臣的倫理觀念尚是有償的「義」字，不是無償的「忠」字。到了秦漢以後，才提高君權，「以君臣之義無所逃於天地之間，至桀紂之暴，猶謂湯武不當誅之，而妄傳伯夷叔齊之事」（顧炎武著《明夷待訪錄・原名》）。這樣一來，縱令為人君的，行同桀紂，而為人臣的亦須殺其身以事其君。何以秦漢以後，這樣提高君權？「天下者天下之天下」，唯有德者居之，但是由誰判斷有德與無德呢？「天視自我民視，天聽自我民聽」，當然由人民判斷。然而當時沒有議會以代表民意，公說公有德，婆說婆有德，其結果只有訴於武力。即如丹第 (Dante) 所說「用戰爭以判定功罪，乃是上帝判定功罪的最後方法，所以由戰爭得到勝利的，可視為受了上帝的承認」。湯武戰勝桀紂，就是「天命在茲」的證據，然而這樣一來，百姓遭殃了。後儒就是恐怕篡奪相繼，引起戰爭，延而害及社會的安寧，所以不惜提高君權，把古代的「君臣之義」，改作「臣事君以忠」。其實「忠」的觀念實有一點莫名其妙，為人臣的果然必忠其君，則曹魏篡漢，當然不忠，對於不忠的人，照情理說，應該不必報之以忠。然而司馬奪取魏的天下、劉裕奪取晉的天下、蕭道成奪取宋的天下，都是以「篡」報「篡」，何以又受後人的譏諷？說到這裡，我記起王敬則與宋順帝的對話了。蕭道成使王敬則勒兵入宮，迫宋順帝禪位，「宋主收淚謂曰：欲見殺乎？敬則曰：遷居別宮耳，官先取司馬家，亦如此。宋主泣而彈指曰：願後身世世勿復生帝王家」。即由敬則看來，劉裕可以廢晉恭帝，以為零陵王，尋又弒之，則蕭道成

何以不能廢宋順帝，以為汝陰王，尋又弒之？若謂蕭道成不忠，則蕭道成不過以「篡」報「篡」，為司馬家報仇耳。總之，後儒所解釋的忠，令人實難理解，雖然不易理解，然而君臣之分因此以定，一面可以減少爭奪的事，同時又可制止人們反戈的心。

　　梁山泊許多好漢都是宋的軍官，他們身為宋臣，而竟落草為寇，這固然因為他們義氣太重，然若質之於忠，實有不妥。在他們之中，堪稱為忠的，只有燕青一人。燕青同李固都曾受過盧俊義的恩惠，然而盧俊義待遇李固，卻較其待遇燕青為優。他救了李固的生命，五年之內，直抬舉他做了都管，一應裡外家私都在李固身上（第六十回）。這種待遇可稱為國士之禮。至於燕青呢？他只是一個僕人，然而李固竟和主母通奸，而又設法陷害主人；反之，燕青最初則苦諫盧俊義不要出門，其次又力勸盧俊義不要回家（然而因此，盧俊義卻一腳踢倒燕青），又次則入牢裡，把叫化得來的半罐子飯，給與主人充飢，最後又放冷箭，救了盧俊義的生命（第六十回及第六十一回）。這種報答，稱之為忠，誰說不宜。宋江學劉邦籠絡韓信的方法，籠絡了許多好漢，到了羽毛較豐的時候，當然也怕別人學自己的方法，再把好漢籠絡了去。怎樣能夠制止好漢不為別人所籠絡，惟一的方法只有提倡「忠」的道德。由於這個關係，燕青的地位遂列在三十六天罡星之內。

西遊記與中國古代政治

薩孟武／著

孫行者攪混了龍宮，掘開了地府，打遍天界無敵手，觔斗雲一翻便十萬八千里；如此通天徹地之能，卻仍須臣服於不辨奸邪、思想迂腐、卻只會唸緊箍咒的唐僧——這便透露出政治隱微奧妙之處。政治不過「力」而已，要防止「力」之濫用，必須用「法」。薩孟武先生援引歷史實例與諸子政治思想來解讀《西遊記》，於奇光幻景中攫取出意想不到的玄妙趣味。

紅樓夢與中國舊家庭

薩孟武／著

當賈府恣意揮霍、繁華落盡之後，在前方等待的又是什麼呢？究竟是誰的情意流竄在《紅樓夢》的字裡行間呢？薩孟武先生以社會文化研究的角度，徵引多方史料，帶領讀者清晰認識舊時代下從賈府反映出來的那些事。

小歷史——歷史的邊陲

林富士／著

這本書沒有帝王將相、英雄偉人，卻將眼光投注在尋常百姓的日常生活，走入芸芸眾生的世界，寫就了「小歷史」。社會的邊緣人物如童乩、女巫、殺手，被視為奇幻迷信的厲鬼、冥婚，關乎頭髮、人肉、便溺、夢境的另類研究主題，都是值得關注的焦點。當你進入小歷史的世界，探訪這些前人足跡罕至的角落，你將會發現，歷史原來如此貼近你我。

肚大能容——中國飲食文化散記

逯耀東／著

吃，在中國人的生活中扮演著重要的角色。但要能吃出學問，可就不是件簡單的事了！逯耀東教授可說是中國飲食文化的開拓者，將開門七件事——油、鹽、柴、米、醬、醋、茶等瑣事，提升到文化的層次。透過歷史的考察、文學的筆觸，與社會文化變遷相銜接，烹調出一篇篇飄香的美文。讓我們在逯教授的引領下，一探中國飲食文化之妙。

禪與老莊

吳　怡／著

「本來無一物，何處惹塵埃？」由慧能開創出來的中國禪宗，實已脫離印度禪的系統，成為中國人特有的佛學。本書以客觀的方法，指出中國禪和印度禪的不同，並且正本清源，闡明禪與老莊的關係，強調禪是中國思想的結晶，還給禪學一個本來面目。

白萩詩選

白　萩／著

本書乃天才詩人白萩《蛾之死》、《風的薔薇》、《天空象徵》三本詩作的精選，收錄了八十三首創世名詩：以圖像自我彰顯的〈流浪者〉、探究存在主義的〈風的薔薇〉、不斷追逐的〈雁〉、一條蛆蟲般的阿火〈形象〉、舉槍將天空射殺的〈天空〉、直探生死議題的〈叫喊〉……，每一首皆是跨越時代、膾炙人口的經典之作。

世界、華夏、臺灣
——平行、交纏和分合的過程

許倬雲／著

「立足臺灣，放眼中國，關心世界」是一句你我熟悉的口號，然而這樣的境界該如何做到？該從何處著手？遠自西亞、埃及、中國、印度古文明，近至你我身邊的大小事，都是歷史。歷史從來就不是獨立發展，而是互相牽連糾纏，世界各國的歷史有如一股股浪潮，在史海中彼此激盪、交流，如果能夠了解歷史發展的軌跡，也許你會對自身所處的環境，有一番新的體悟。